패싱

세계문학전집
199

Nella Larsen : Passing

패싱

넬라 라슨 장편소설

박경희 옮김

문학동네

일러두기

1. 각주는 모두 옮긴이주다.
2. 본문 중 고딕체는 원서에서 이탤릭체로 강조한 부분이다.

차례

칼 밴 벡턴

그리고

파니아 마리노프에게

3세기 떨어져 있네
그의 선조들이 사랑하던 풍경들로부터
향기로운 작은 숲, 계피나무
나에게 아프리카는 무엇인가?

카운티 컬런

1부

뜻밖의
만남

1

그것은 아이린 레드필드가 아침에 받은 작은 우편물 꾸러미 안의 마지막 편지였다. 평범한 봉투에 주소가 또렷이 적힌 다른 편지들과 달리 알아볼 수 없을 만큼 갈겨쓴 글씨와 얇은 이탈리아산 종이로 만든 기다란 봉투는 제자리를 벗어난 듯 낯설어 보였다. 그리고 뭔가 비밀스럽고 은밀한 데가 있기도 했다. 발신인을 드러내는 반송 주소가 없는, 얇고 수상쩍은 것. 보낸 이를 즉시 알아보지 못한 건 아니었다. 이 년 전쯤 그녀는 아주 비슷한 모양의 편지를 받은 적이 있었다. 은밀하면서도, 조금 이상하고 고집스레 과시하려는 듯한 느낌. 보랏빛 잉크. 규격을 벗어난 크기의 외국산 종이.

아이린은 편지에 찍힌 전날 뉴욕발 우체국 소인에 눈이 갔다. 그녀는 미간을 살짝 찌푸렸다. 불쾌함보다 당혹스러움 때문에 얼굴이 찌푸

려졌으나, 사실 그녀의 마음속에는 그 두 요소가 다 있었다. 그녀는 편지에 담겨 있을 게 뻔한, 위험을 대하는 그런 식의 태도를 도무지 이해할 수 없었다. 그리고 열어서 읽는 것은 생각조차 하기 싫었다.

돌이켜보면, 그녀가 클레어 켄드리에 대해 알고 있는 모든 면에 들어맞았다. 언제나 위험의 극단에 서는 것. 언제나 알고 있으면서도 물러서거나 피하지 않는 것. 그것도 타인이 받을 충격과 분노 때문이라면 더더욱 그럴 일이 없으리라는 것.

그리고 아주 잠시 아이린 레드필드는 낡은 푸른색 소파에 앉아 선홍빛 천조각들을 꿰매는 창백한 어린 소녀를 본 듯했다. 키가 크고 체격이 건장한 소녀의 아버지는 술에 취해 욕설을 퍼부으며 위협하듯 누추한 방안을 돌아다녔다. 그러다 느닷없이 소녀에게 덤벼들 때도 있었지만, 대개는 시늉에 그칠 뿐이라 그리 무섭지는 않았다. 어쩌다 그의 손이 닿을 때도 있긴 했다. 그러나 소녀에게서는 초라한 바느질감을 쥔 채 소파의 구석자리로 몸을 피하는 것 말고는 다치거나 하던 일을 망칠까봐 불안해하는 기색을 찾아볼 수 없었다.

클레어는 밥 켄드리가 수위로 일하는 건물 꼭대기 층에 사는 재단사의 잡다한 심부름을 해주고 있었다. 그렇게 받는 자신의 주급에서 일부를 취하다가는 무사하지 못하리라는 걸 클레어는 너무도 잘 알았다. 그러면서도 단념하지 못했다. 주일학교의 피크닉에 가고 싶었고, 새 옷을 입기로 마음먹었다. 그러니, 좋지 않은 일이 일어날 게 뻔하고 위험할 수 있다 해도, 그녀는 그 보잘것없는 빨간 원피스를 만들 옷감을 사기 위해 돈을 따로 남겨두어야 했다.

그 시절에도 이미 클레어 켄드리의 삶에 대한 개념 안에는 희생적인 것이 전혀 없었다. 오로지 눈앞의 자기 욕망에만 충실할 뿐이었다. 그녀는 이기적이고, 차갑고, 끈질겼다. 그럼에도 가끔은 연극이 아닌가 싶을 만큼, 상대의 마음에 따스함과 열정을 불러일으키는 묘한 재주가 있었다.

클레어보다 한두 살 많은 아이린은 밥 켄드리가 술집에서 실없이 싸우다 주검이 되어 실려온 날을 기억했다. 그 당시에 열다섯 살이 되어가던 클레어는 입을 꾹 다물고 가만히 서 있기만 했다. 좁은 가슴 위에 가느다란 두 팔로 팔짱을 끼고 선 채, 비껴 뜬 검은 눈에 경멸을 담아 밀가루 반죽처럼 핏기 없는 아버지의 익숙한 얼굴을 물끄러미 내려다볼 뿐이었다. 그녀는 아주 오랫동안 말없이 응시하며, 그렇게 서 있었다. 그러더니 정말 느닷없이 울음을 터뜨렸다. 가녀린 몸을 부들부들 떨고, 밝은 머리카락을 쥐어뜯으며, 조그만 두 발을 굴렀다. 울음이 멈출 때도 갑작스럽기는 마찬가지였다. 그녀는 휑한 방안을 휙 둘러보더니 경멸이 번득이는 눈으로 방안의 모든 사람들, 심지어 경찰관 둘까지 날카롭게 쏘아보았다. 그리고 다음 순간, 돌아서서 문밖으로 사라졌다.

오랜 세월을 두고 돌이켜보니, 그것은 죽은 아버지에 대한 복받치는 슬픔이었다기보다 억눌렸던 분노의 표출에 가까웠다. 그녀가 나름의 고양이 같은 방식으로 자신의 아버지를 좋아하기는 했음을, 아이린이 인정한다 해도.

고양이 같은. 그녀를 한마디로 묘사할 수 있다면, 이것이야말로 클레어 켄드리를 가장 잘 표현하는 말이었다. 이따금 그녀는 모질고, 감정이 전혀 없어 보였다. 이따금 그녀는 살갑고, 막무가내로 충동적이었다. 그리고 그녀에게는 자극을 받으면 비로소 나타나 사람을 놀래는 숨겨진 적의가 있었다. 일단 그렇게 되면, 그녀는 아주 제대로 할퀼 줄 알았다. 화가 나면, 어떤 위험이든 잊거나 무시하고 사납고 격렬하게 싸웠다. 힘의 우위나 상대의 수, 불리한 여건 따윈 상관없었다. 남자애들이 클레어 아버지의 뒤뚱거리는 별난 걸음걸이를 조롱하며 노래를 지어 부르고 다녔던 그날, 그녀가 그들에게 얼마나 사납게 발톱을 세웠던가! 그리고 얼마나 용의주도하게—

아이린의 생각은 다시 현재로, 손에 든 아직 뜯지 않은 클레어 켄드리의 편지로 돌아왔다. 다소 불안한 마음으로 그녀는 아주 천천히 봉투를 뜯어 접힌 편지지를 꺼낸 다음 펼쳐 읽기 시작했다.

우체국 소인을 보자마자 예상했듯 클레어는 도시 안에 있었다. 그녀를 다시 만나고 싶다는 바람을 담은 과장된 문구들. 흠, 난 거기 응할 필요도 마음도 없어, 아이린은 혼잣말을 했다. 그녀는 클레어 자신이 선택해 오래전에 버리고 떠난 그 삶으로 잠시 되돌아오려는 어리석은 욕망을 실현하도록 거들고 싶지도 않았다.

아이린은 성의 없이 쓴 단어들을 최선을 다해 풀어보고, 직감에 기대 내용을 추측해보며 편지를 훑어내려갔다.

"……왜냐하면 난 외로워서, 너무나 외로워서…… 다시 너와 함께 있고 싶어 미칠 것 같아, 어떤 것도 이토록 애타게 원한 적은 없을 거야. 내 삶에서 많은 것들을 원했던 내가…… 너는 모를 거야, 이 창백한 삶 속에서 내가 얼마나 끊임없이, 한때는 미련 없이 벗어나고자 했던 그 다른 삶의 밝은 모습들을 떠올리고 있는지를…… 그건 통증 같은 거야, 절대 멈추지 않는 고통……" 얇은 종이들은 이어지고 또 이어졌다. 그리고 이렇게 마무리되었다. "사랑하는 린, 이건 네 잘못이야. 적어도 부분적으로는. 어쩌면 지금 나에게 이 끔찍하고, 이 걷잡을 수 없는 욕망은 생기지 않았을 수도 있으니까. 그때 시카고에서 너를 만나지 않았더라면……"

아이린 레드필드의 따뜻한 올리브색 뺨에 붉은 반점들이 불꽃처럼 피어올랐다.

"그때 시카고에서." 다른 단어들로 이루어진 여러 단락 사이에서 그 단어들이 도드라지며, 이 년이 흐른 지금까지도 수치심과 분개와 분노가 뒤섞인 선명하고 날카로운 기억을 다시 불러냈다.

2

이것이 아이린 레드필드가 기억하는 것들이다.

시카고. 팔월. 난폭하게 노려보던 태양이 비가 되어 내리듯 뜨거운 햇살을 쏟아붓던, 눈부시게 환하고 무덥던 날. 건물의 윤곽선마저 무더위에 시위하듯 떨리던 날. 흔들리는 선들이 달궈진 보도블록을 뚫고 나와 번쩍이는 전차선을 따라 꿈틀거렸다. 도로 경계석에 주차한 자동차들은 춤추듯 활활 타오르고, 쇼윈도 유리에 반사된 빛은 눈이 부셔 바라볼 수 없을 정도였다. 이글대는 인도에서 날카로운 먼지 입자가 피어올라 지친 보행자들의 그을고 땀에 흠씬 젖은 피부를 자극했다. 이따금 산들바람이 불어와도 느린 풀무로 부채질하는 불의 숨결과 다름없었다.

바로 그날 아이린은 어린 두 아들, 브라이언 주니어와 시어도어에게 시카고에서 사다주기로 약속한 물건들을 쇼핑하러 나갔었다. 그녀답게, 긴 일정을 마치고 집에 돌아갈 날이 다가와 분주해질 때까지 그 일을 미뤄왔다. 그리고 저녁 시간 전에 약속이 없는 날은 그 후텁지근한 하루뿐이었다.

주니어에게 줄 모형 비행기는 그다지 어렵지 않게 구했다. 그러나 테드가 그녀에게 그토록 진지하고 상세하게 설명해준 드로잉 북은 상점을 다섯 군데나 돌고도 찾지 못했다.

여섯번째 상점으로 가던 길에, 따끔거리던 그녀의 눈앞에서 한 남자가 쓰러지더니 햇살에 타들던 시멘트 위에서 짐꾸러미처럼 꼼짝하지 않았다. 죽은 듯 누운 사람 주변으로 사람들이 하나둘 모여들었다. 저 남자 죽은 건가요, 아니면 그냥 기절한 거예요? 누군가 그녀에게 물었다. 하지만 아이린은 알지 못했고, 알려고 하지도 않았다. 그녀는 몰려드는 인파에서 가까스로 빠져나왔다. 땀에 젖은 몸과 너무 많이 부딪치다보니 축축하고 끈적거려 몸이 더러워진 듯 불쾌한 기분이 들었다.

그녀는 잠깐 멈춰 서서 부채질을 한 다음, 들고 있던 손수건 한 귀퉁이로 젖은 얼굴을 톡톡 두드려 닦았다. 그러다 갑작스레 거리가 통째로 흔들리는 느낌을 받고는 자신도 기절하기 직전임을 깨달았다. 당장 안전한 곳으로 대피해야겠다고 판단을 내린 그녀는 곧바로 떨리는 손을 들어 택시를 불렀고 차는 바로 그녀 앞에 멈춰 섰다. 기사가 땀을 흘리며 뛰어나와 아이린을 차 안으로 안내했다. 그는 거의 안아올리다시피 해서 그녀를 태웠다. 그녀는 무너지듯 뜨거운 가죽 시트에 주저앉았다.

한순간 머릿속이 멍해지는가 싶다가 정신이 돌아왔다.

"제가요," 그녀가 착한 사마리아인이 되어준 기사에게 말했다. "차를 마셔야 할 것 같아요. 어디 스카이라운지 같은 데서요."

"드레이튼으로 갈까요, 부인?" 그가 제안했다. "거기는 항상 시원한 바람이 분다더군요."

"고마워요. 드레이튼이 좋겠네요." 그녀가 대답했다.

기사가 기어를 넣자 클러치에서 덜그럭 작게 긁히는 소리가 나고, 차는 들끓는 차량의 행렬 속으로 능숙하게 미끄러져 들어갔다. 달리는 택시 안으로 불어 들어오는 미지근한 바람에 기운을 추스르며 아이린은 더위와 인파에 흐트러진 매무새를 살며시 가다듬었다.

털털거리며 달리던 차는 좀 이르다 싶을 만큼 금방 보도 쪽으로 붙더니 멈춰 섰다. 제복을 입은 호텔 안내원이 다가오기도 전에, 기사가 먼저 뛰어내려 문을 열어주었다. 그녀는 차에서 내려 미소와 더불어 좀 더 실질적인 방식으로도 기사의 친절과 이해에 감사를 표하고 드레이튼호텔의 넓은 문 안으로 들어갔다.

스카이라운지로 올라가 엘리베이터에서 내리자마자 그녀는 긴 창문 바로 앞의 테이블로 안내되었다. 시원한 미풍이 불고 있음을 알려주듯 커튼이 부드럽게 날렸다. 그녀는 마법의 양탄자를 타고 다른 세계로 날아온 것 같다고 생각했다. 저 아래 두고 온 이글대는 세상과는 기이하게 멀고, 쾌적하고 조용했다.

주문한 차가 나오자 그녀는 더 바랄 것이 없었다. 실제로 차는 그녀가 바라고 기대한 것 이상이어서, 시원하게 한 모금을 들이켜고 나니 더는 갈증도 나지 않았다. 그녀는 긴 초록색 유리잔에 입을 대고 이따금 홀짝거리며 멍하니 주변을 둘러보거나, 창밖의 낮은 건물들 너머로 멀리 끝을 알 수 없는 수평선까지 뻗어 있는 잔잔하게 빛나는 푸른 호수를 바라보기도 했다.

그녀는 기어가듯 거리를 오가는 사람들과 자동차들을 한동안 물끄러미 바라보았다. 그 모습이 너무 우습다고 생각하며 잔을 들었을 때 놀랍게도 잔은 비어 있었다. 차를 더 주문하고 기다리면서 그녀는 그날 일어난 일들을 돌이켜보고 테드와 드로잉 북 문제를 어떻게 해결할지 고민하기 시작했다. 어째서 그 아이는 거의 매번 구하기 어렵거나 아예 불가능할 성싶은 것을 원할까? 제 아버지처럼. 언제나 가질 수 없는 것을 원하는지.

이내 목소리들이 들려왔다. 쩌렁쩌렁 울리는 남자 목소리와 약간 허스키한 여자 목소리였다. 웨이터가 아이린의 옆을 지나가고, 한 여자가 나풀거리는 초록색 시폰 드레스를 입고 달콤한 향을 풍기며 그 뒤를 따랐다. 보라색 수선화와 노란 수선화, 히아신스 패턴이 어우러진 드레스는 화창하고 쌀쌀한 봄날을 연상시켰다. 얼굴이 벌겋게 달아오른 남자가 여자를 뒤따라오며 꼬깃꼬깃한 커다란 손수건으로 목덜미와 이마를 닦아냈다.

"오 이런!" 아이린은 성가신 마음에 신음소리를 냈다. 잠시 웅성웅성 의견을 주고받던 그들이 멈춘 곳이 바로 자신의 옆 테이블이었기 때문이다. 그녀는 창가 자리에 홀로 앉아 있었고, 더 바랄 것 없이 고요했었다. 이제, 당연히, 수다를 떨겠지.

그런데 아니었다. 자리에 앉은 건 여자 혼자였다. 남자는 멍하니 하늘색 넥타이의 매듭을 만지작거리며 그대로 서 있었다. 두 테이블을 가르는 좁은 공간 너머로 그의 목소리가 정확히 들려왔다.

"그럼 나중에 보자고." 남자가 여자를 내려다보며 말했다. 기분좋은 말투였고 얼굴은 미소 짓고 있었다.

함께 온 여자가 입을 벌려 뭐라고 대답했지만, 여자의 목소리는 테이블 사이의 좀 떨어진 간격과 거리에서 올라오는 잡다한 소음에 뒤섞여 희미해졌다. 무슨 말인지 아이린에게는 들리지 않았다. 그러나 대답하는 여자의 묘하게 어루만지는 듯한 미소는 알아보았다.

남자가 말했다. "그럼, 난 이쯤에서." 그리고 다시 미소 지으며 작별 인사를 하고 떠났다.

아이린이 보기에 매력 있는 여자였다. 검은색에 가까운 짙은 눈동자, 그리고 상아색 피부와 대비되는 주홍빛 꽃 같은 시원한 입매. 옷도 예뻤다. 날씨에 꼭 맞게 얇고 시원해 보였으며 여름옷에 생기기 쉬운 구김살도 없었다.

웨이터가 주문을 받고 있었다. 여자는 뭔가, 아마도 고맙다는 말을 중얼거리며 미소 짓는 얼굴로 그를 올려다보았다. 묘한 미소였다. 아이린은 딱히 설명할 수는 없었지만, 만일 다른 여자가 웨이터를 쳐다보며 저렇게 웃었다면 좀 지나치게 도발적인 미소라고 여겼을 것 같았다. 하지만 그녀의 미소에는 그렇게 말하기에 머뭇거려지는 뭔가가 있었다. 자신감이 넘쳐 보이는 인상 때문일까.

웨이터가 주문한 것들을 가져왔다. 아이린은 여자가 냅킨을 펼친 다음 하얀 손에 은스푼을 쥐고 옅은 황금빛의 멜론을 자르는 모습을 지켜보았다. 그러다 문득 자신이 그녀를 쳐다보고 있었다는 사실을 의식하고 재빨리 시선을 돌렸다.

그녀는 다시 자신의 일들을 생각했다. 그날 밤 열릴 브리지파티에서, 숨을 쉴 때마다 수프를 들이마시는 것 같은 그 답답하고 뜨거운 방에서 입을 드레스로 둘 중 어느 것이 나을지는 확실히 골랐다. 드레스를 정하고 나자, 그녀의 생각은 다시 테드의 드로잉 북으로 돌아갔다. 멍한 눈으로 멀리 호수를 바라보던 그녀는 누군가 자신을 바라보고 있음을 예리하게 알아차렸다.

찬찬히 주변을 둘러보던 그녀는 옆 테이블에 앉은 초록색 원피스를 입은 여자의 검은 눈을 들여다보았다. 여자는 자신이 보여주는 그런 강렬한 관심이 상대를 당혹스럽게 할 수도 있음을 전혀 깨닫지 못하고 계속 빤히 쳐다보았다. 정신을 오롯이 집중해 아이린의 모습을 세밀한 부분까지 기억 속에 영원히 저장하기로 마음먹은 사람처럼 보였고, 유심히 쳐다보다 들켰다고 해서 당황하는 기색은 조금도 없었다.

대신 당황한 것은 아이린이었다. 상대의 계속되는 시선에 그녀는 얼굴을 붉히며 눈을 내리떴다. 저렇게 뚫어져라 쳐다보는 이유가 뭐지? 그녀는 의아했다. 택시에서 서둘다 모자를 거꾸로 썼나? 그녀는 모자를 조심스레 만져보았다. 아니었다. 얼굴에 파우더 자국이 남았는지도 몰라. 손수건으로 얼굴을 재빨리 닦아보았다. 옷이 어디 이상한가? 옷차림을 쓱 훑어보았다. 흠잡을 데 없었다. 뭐지?

그녀는 다시 고개를 들었다. 그리고 그녀의 갈색 눈은 잠시도 피하거나 흔들리지 않는 상대의 검은 눈을 공손히 응대하듯 마주보았다. 아이린은 속으로 어깨를 약간 으쓱했다. 아 그래, 볼 테면 보라지! 그녀는 여자와 그 시선을 무심히 넘기려 했지만 그럴 수 없었다. 무시하려 애써봐도 소용없었다. 아이린은 다시 여자를 훔쳐보았다. 여전히 빤히 보고 있다. 얼마나 야릇하고 나른한 눈인가!

그리고 차츰 아이린의 마음에 불쾌하면서도 지겹도록 익숙한 불안이 희미하게 피어올랐다. 그녀는 부드럽게 웃었으나 눈은 번득였다.

저 여자가 여기 드레이튼호텔의 스카이라운지에, 바로 자신의 눈앞에 흑인이 앉아 있다는 것을 알고 있단 말인가? 알 수 있었다는 건가?

설마! 그럴 리가! 백인들은 그런 면에서는 너무도 허술했다. 그들이 구별의 근거로 내세우는 것은 대개 이런 터무니없는 것들이었다. 손톱, 손바닥, 귀의 생김새나 치아, 그리고 다른 기준 역시 어리석은 헛소리들이긴 마찬가지였다. 그들은 언제나 그녀를 이탈리아 사람이나 스페인 사람, 멕시코 사람 아니면 집시로 여겼다. 그녀가 혼자 있을 때면 그들은 결코 그녀가 흑인이라는 어렴풋한 의심마저도 품지 않는 듯했다. 그래, 저기 앉아 그녀를 바라보고 있는 저 여자라고 그걸 알 수는 없었다.

그럼에도 아이린은 분노와 경멸, 그리고 두려움이 차례로 밀려오는 것을 느꼈다. 자신이 흑인인 것이나, 심지어 그 사실이 밝혀지는 것이 부끄러운 게 아니었다. 어떤 장소에서 쫓겨난다는 생각이 그녀를 불안하게 했다. 그것이 드레이튼 측에서 취하리라 예상되는, 제아무리 정중하고 세련된 방식이라 할지라도 그랬다.

그녀는 이번에는 대담하게 여전히 보란듯이 자신을 주시하고 있는 두 눈을 마주보았다. 적대적이라든가 성난 눈빛은 아니었다. 오히려 아이린은 그 눈이 금방이라도 자신에게 미소 지을 것 같은 느낌이 들었다. 물론 터무니없었다. 그 느낌은 사라지고, 그녀는 저 성가신 여자만 아니라면 어디든 시선을 묶어두기로 굳게 마음먹으며 호수로, 길 건너 건물들의 지붕으로, 하늘로 고개를 돌렸다. 그러나 그녀의 눈길은 번번이 되돌아왔다. 희미하게 퍼져가는 불안 속에서 무례한 관찰자의 시선을 제압하겠다는 욕구가 그녀를 사로잡았다. 저 여자가 자신이 어떤 인종인지 알거나 의심한다 해도 그것을 증명할 방법은 없었다.

갑자기 그녀의 조그만 두려움이 커졌다. 옆 테이블의 여자가 일어나 자기 쪽으로 걸어오고 있었다. 무슨 일이 일어나고 있는 거지?

"실례지만," 여자가 상냥하게 말했다. "아무래도 제가 아는 분 같아서요." 살짝 허스키한 그녀의 목소리에 주저하는 느낌이 남아 있었다.

여자를 올려다보고 아이린의 의심과 두려움은 사라졌다. 그것은 의심할 바 없이 친절하고, 저항할 수 없는 매력을 가진 미소였다. 그녀는 곧장 마음을 열고 마찬가지로 미소를 지으며 말했다. "사람을 잘못 보신 것 같아요."

"아니긴, 당연히 내가 아는 사람이지!" 상대가 외쳤다. "아이린 웨스트오버 맞는데 뭘. 아님, 아직도 다들 린이라고 부르는 거야?"

대답하기 전에 스쳐가듯 잠깐 아이린은 이 여자가 언제 어디서 자신을 알았을까 떠올려보려 했으나 허사였다. 그러니까, 시카고에서. 그리고 결혼 전에. 그 정도는 분명했다. 고등학교? 대학? Y.W.C.A 위원회? 고등학교일 가능성이 컸다. 그녀를 린이라고 다정히 부를 만큼 가까웠던 백인 여자애들이 누가 있었지? 기억 속의 어떤 인물도 그녀 앞에 서 있는 여자와 부합하지 않았다. 이 여자가 누구더라?

"네, 저는 아이린 웨스트오버가 맞아요. 더이상 린이라고 부르는 사람은 없지만, 그 이름을 다시 들으니 좋네요. 그런데 당신은—" 그녀는 기억이 나지 않아 부끄러워하며 주춤했고, 끝내지 못한 문장을 상대가 대신 마무리해주길 바랐다.

"나 모르겠어? 설마 아니지, 린?"

"죄송하지만, 지금으로서는 누구신지 기억이 나지 않네요."

아이린은 여자의 정체를 알아낼 만한 단서를 끌어내기 위해, 옆에서 있는 매혹적인 인물을 찬찬히 훑어보았다. 이 여자는 누구일까? 우리가 언제 어디서 만났었지? 그리고 어리둥절하면서도, 무슨 이유에선지 이 지인은 자신의 머릿속에 펼쳐지는 기억의 장난을 실망스럽다기보다 흡족하게 지켜보고 있다는 생각이 들었다. 상대가 기억하지 못해도 상관없는 듯했다.

그리고 아이린도 이제 막 기억이 떠오를 것 같은 느낌이었다. 왜냐하면 이 여자에게는 어떤 특징, 막연한 무엇, 정의하기에는 너무 모호하고 붙잡기에는 너무 멀지만, 아이린 레드필드에게는 매우 친숙한 뭔가가 있었다. 그리고 저 목소리. 저 허스키한 목소리를 확실히 전에 어디선가 들은 적이 있었다. 아마도 사교라든가 뭔가의 영향으로 저 목소리에 어딘가 영국적인 느낌이 덧입혀지기 이전에. 아! 유럽에서 만났던가? 린, 아니지.

"어쩌면," 아이린이 말을 꺼냈다. "당신은—"

여자가 소리 내 웃었다. 떠는 꾸밈음처럼 귓가에 연속으로 울려퍼지는, 귀금속으로 만든 섬세한 종소리 같은 사랑스러운 웃음.

아이린은 숨을 훅 들이쉬었다. "클레어!" 그녀가 외쳤다. "설마 클레어 켄드리?"

그녀는 너무 놀라 자리에서 일어날 뻔했다.

"아니, 아니, 일어나지 마." 클레어 켄드리가 말리며 자기도 자리에 앉았다. "그냥 앉아서 얘기해. 뭐 좀더 시키자. 차? 어쩜 여기서 너를 만나다니! 진짜 너무, 너무 운이 좋다!"

"정말 놀랍기는 하네." 아이린이 말했다. 그리고 클레어의 미소가 달라지는 것을 보고, 자신의 마음 한 귀퉁이가 드러났다는 걸 깨달았다. 그러나 그녀는 이렇게만 말했다. "네가 웃지 않았다면 난 세상 어디서도 널 알아보지 못했을 거야. 너 많이 변했다. 그래도, 어떤 면에서는 정말 그대로야."

"아마도." 클레어가 대답했다. "아, 잠깐만."

그녀는 옆에 서 있는 웨이터에게 주의를 돌렸다. "음, 보자. 차 둘. 그리고 담배 좀 갖다줘요. 예-에. 그거면 됐어요. 고마워요." 그리고 다시 그 묘하게 올려다보는 미소. 아이린은 이제 그것이 웨이터에게는 지나치게 도발적이라고 확신했다.

클레어가 주문하는 동안 아이린은 속으로 재빨리 계산해보았다. 따져보니, 그녀나 그녀가 아는 누구든 클레어 켄드리를 본 지 십이 년은 족히 흘렀을 것이었다.

아버지가 죽은 다음 클레어는 웨스트사이드* 어딘가에 사는 숙모들이던가 이종사촌, 팔촌이던가 하는 먼 친척들 집에 가서 살게 되었다. 그 사람들이 장례식에 나타나 클레어를 데려갈 때까지는 아무도 켄드리 집안에 그런 친척들이 있다는 사실을 알지 못했었다.

그런 뒤로 일 년 조금 넘게 그녀는 사우스사이드의 옛 친구들과 지인들 사이에 이따금 나타나곤 했었다. 다들 알기로는, 클레어가 새로운

---

* 웨스트사이드는 사우스사이드, 노스사이드와 더불어 시카고의 3대 주요 구역 중 하나로 20세기 초에 폴란드, 덴마크, 이탈리아 등 유럽 이민자들의 관문 역할을 하던 곳이며, 백인들이 많이 거주했다. 사우스사이드는 공장, 제철소, 육가공 산업의 발달과 더불어 흑인 인구의 유입률이 높아져 소위 블랙 벨트가 생겨났고 흑인 인구가 늘어나자 초기의 백인 이민자들은 점차 이 지역을 떠났다.

집에서 떠맡은 끝없는 집안일을 피해 어렵게 짬을 내 다녀가는 것이었다. 한 번 올 때마다 그녀는 점점 더 키가 커지고, 전보다 더 초라해졌고, 더 날카롭고 공격적으로 변해갔다. 그리고 낯빛은 날이 갈수록 더 억울하고 우울해 보였다. "클레어가 걱정이구나, 너무 불행해 보여서." 아이린은 어머니의 말을 기억했다. 찾아오는 횟수가 점차 줄고, 시간은 짧아지고, 뜸해지고, 점점 간격이 벌어지다 마침내는 발길이 끊겼다.

밥 켄드리를 좋아했던 아이린의 아버지는 클레어가 마지막으로 그들을 보러 온 후 두 달쯤 흘렀을 때 따로 시간을 내 웨스트사이드로 찾아가기도 했었다. 그리고 돌아와서는 클레어의 친척들을 만났으며 그 애가 사라졌더라는 소식만 전해주었다. 그 밖에 아버지와 어머니 두 사람이 방에서 무슨 얘기를 더 나눴는지 아이린은 알지 못했다.

그러나 아이린은 이야기의 특성상 막연한 의심 이상의 뭔가가 있다는 것은 알고 있었다. 소문이 돌았으니까. 열여덟, 열아홉 살 소녀들의 관심을 끌고 흥미를 자극할 만한 소문들이었다.

그중 하나는 클레어 켄드리가 저녁 시간에 다른 여자와 남자 둘을 동반하고 근사한 호텔에 나타났으며, 그들 모두가 백인이라는 거였다. 그것도 정장 차림으로! 백인이 분명하고, 언뜻 봐도 부자가 틀림없는 남자와 차를 타고 링컨파크를 지나는 걸 봤다는 소문도 있었다. 제복을 입은 기사가 딸린, 패커드 리무진 등등. 아이린이 더는 맥락을 기억할 수 없는 다른 소문들 역시, 하나같이 화려한 쪽을 가리키고 있었다.

그리고 비로소 그때의 상황이 생생히 떠올랐다. 클레어에 관한 그 흥미로운 이야기들을 주고받을 때면, 소녀들은 언제나 다 안다는 투로 서로를 바라보며 가벼운 흥분에 휩싸여 킥킥거렸으며, 열에 들뜬 눈을 피하며 아쉽고 미심쩍은 투로 이렇게 말하곤 했다. “뭐, 취직이라든가 그런 거겠지.” 아니면, “알고 보면, 클레어가 아닌지도 몰라”라거나, “듣는 대로 다 믿을 순 없잖아”.

그리고 언제나 다른 소녀들보다 더 현실적이거나 드러나게 심술맞은 아이가 공언하곤 했다. “당연히 클레어지! 루스 말이 그랬고, 프랭크도 그랬어. 그애들이 봤다면 그건 우리가 본 거나 마찬가지야.” 누군가는 이렇게 말하기도 했다. “그래, 정말 클레어가 틀림없어.” 그러고 나면 모두가 그것은 의심할 바 없이 클레어였다고 입을 모았고, 그 같은 상황이 의미하는 바는 단 하나였다. 일이라니! 하인들을 셸비호텔의 디너에 데려가는 사람은 없었다. 더구나 그렇게 정장을 빼입고는. 마음에도 없이 걱정하는 척하다 누군가는 말하곤 했다. “불쌍한 계집애, 아무래도 사실인 것 같긴 한데, 달리 뭘 기대하겠어? 걔 아버지를 봐. 걔네 엄마도 죽지 않았다면 도망쳤을 거라고들 하잖아. 게다가 클레어는 항상 뭐랄까 그, 그 ‘내 것으로 만들겠다는 태도’가 있었잖아.”

정확히 그거였다! 드레이튼호텔의 스카이라운지에서 클레어 켄드리와 마주앉았을 때, 아이린은 그 말이 떠올랐다. ‘내 것으로 만들겠다는 태도.’ 맞아, 아이린은 인정했다. 차림새와 매너로 볼 때, 클레어는 확실히 그녀가 원하던 것들을 상당히 손에 넣은 듯 보였다.

적어도 십이 년이라는 긴 세월이 흐른 뒤에 클레어를 다시 만나다니 너무 뜻밖이며, 너무 반갑고도 놀랍다고, 웨이터가 다녀간 후에 아이린이 다시 말했다.

“세상에, 클레어, 다른 사람은 몰라도 너와 이렇게 마주칠 줄이야. 그래서 널 얼른 알아보지 못했나봐.”

클레어는 진지하게 대답했다. "그래, 십이 년이야. 하지만 난 널 만난 게 놀랍지 않아, 린. 그러니까, 아주 놀랍지는 않다고. 사실 여기 온 후로 너를 만날 수 있기를 어느 정도 바랐어. 아니면 다른 누구라도. 물론 네가 제일 보고 싶었지만. 분명 내가 너를 자주 생각해서 그럴 거야. 아마도 넌, 한 번도 날 생각하지 않았겠지만."

그 말은 물론 사실이었다. 초반의 추측과 험담이 차차 가라앉고 나자 클레어는 아이린의 머릿속에서 완전히 사라졌다. 다른 사람들에게서도 마찬가지였다. 대화가 사람의 생각을 겉으로 드러내는 것이 맞다면 그랬다.

게다가 클레어는 엄밀하게는 그들 무리에 속한 적이 없었다. 그녀가 결코 단순한 경비원의 딸이 아니라, 밥 켄드리 씨의 딸이었듯이. 물론 밥 켄드리 씨가 경비원인 것은 맞지만, 그 무리 소녀들의 아버지 몇몇과 함께 대학을 다녔던 모양이었다. 그가 어쩌다, 왜 경비원이 되었는지, 그것도 아주 형편없는 경비원이 되었는지는 아무도 제대로 알지 못했다. 아이린의 오빠 하나가 그런 질문을 했을 때 돌아온 아버지의 대답은 이랬다. "너와 상관없는 일이다." 그리고 '불쌍한 밥'과 같은 신세가 되지 않도록 정신 차리라는 충고도 뒤따랐다.

그래, 아이린은 클레어 켄드리에 대해 생각하지 않았다. 자신의 삶만으로도 너무 분주했다. 그래서 다른 사람들의 인생도 그러려니 했다. 그녀는 자신과 그들의 망각을 변호했다. "너도 알잖아. 다들 얼마나 바쁘게 사는지. 누가 떠나고 안 보이면, 한동안은 떠난 사람 얘기도 하고 안부도 묻겠지. 그러다 차츰 잊히는 거야."

"그래, 자연스러운 거지." 클레어가 동의했다. 그러더니 그럼 그녀를 다 잊기 전인, 처음 한동안에는 자신에 대해 뭐라고들 하더냐고 물었다.

아이린은 시선을 피했다. 속내를 들킨 듯 뺨이 타오르는 것을 느꼈다. "너 설마," 그녀가 얼버무렸다. "내가 지난 십이 년 동안 결혼하고, 애 낳고, 세상을 떠난 사람들에다 전쟁까지 지켜보고 나서 그런 소소한 일을 기억할 거라고 기대하는 건 아니지?"

클레어 켄드리의 떠는 꾸밈음 같은 웃음소리가 따라왔다. 낮고 분명하면서 조롱 그 자체인 웃음.

"아, 린!" 그녀가 외쳤다. "물론 너라면 기억하겠지! 하지만 너에게 그 얘기를 듣겠다는 건 아냐. 난 마치 그 자리에서 그 고약한 말들을 한마디도 빠짐없이 들은 것처럼 훤히 알고 있으니까. 아, 알지, 알아. 어느 저녁인가 프랭크 댄턴이 셸비호텔에서 날 봤어. 걔가 그걸 떠벌리고 다니지 않았다는 말은 마. 살을 더 보탰으면 모를까. 다른 애들도 다른 때 나를 봤을 수 있겠지. 모르겠다. 한번은 마셜필즈 백화점에서 마거릿 해머를 만난 적도 있어. 난 말을 걸고 싶었는데, 막 그러려던 차에 그애가 딱 못 본 체를 하더라. 린, 정말이지 걔가 사람을 그런 식으로 싹 무시하니까, 나마저도 내가 그 자리에 실제로 있는 게 맞나 헷갈리더라니까. 똑똑히, 아주 똑똑히 기억나. 어떤 면에서는, 내가 멀리 떠나기 전에 마지막으로 너를 보러 가지 않기로 마음먹은 것도 바로 그 일 때문이었어. 어쩐지 감당 못할 것 같았어. 너희 식구들은 불쌍하고 의지할 곳 없는 고아인 나에게 언제나 잘해줬지만 말이야. 내 말은 너희 식구 중 누구라도, 어머니든 오빠들이든, 아, 그러니까 혹시 너희 식구들도 그러면 어쩌나, 차라리 모르는 편이 낫겠더라. 그래서 안 갔지. 생각하면 바보 같아. 이따금 그때 가지 않은 걸 후회했어."

아이린은 클레어의 눈이 그처럼 빛나는 이유가 눈물 때문일지 궁금했다.

"린, 이제 너랑 다른 사람들 얘기를 듣고 싶어, 전부 다. 너 결혼했겠지?"

아이린은 고개를 끄덕였다.

"그래." 클레어는 다 안다는 듯 말했다. "그랬을 테지. 얘기 좀 해봐."

그리고 그렇게 그들은 한 시간이 넘도록 그곳에 앉아, 담배를 피우고 차를 마시며 십이 년의 공백을 대화로 메웠다. 아이린이 그렇게 했다는 말이다. 그녀는 클레어에게 자신의 결혼과 뉴욕으로 이사한 일, 남편, 처음으로 부모와 떨어져 여름 캠프에 가 있는 두 아들 그리고 어머니의 죽음과 오빠들의 결혼생활에 대해 말했다. 그녀는 클레어가 알던 집안들에서 누가 결혼을 했고 태어났고 죽었는지 말해주고 옛 친구들과 지인들의 근황을 알려주었다.

클레어는 한 마디 한 마디에, 그토록 오래 알고 싶었으나 알 수 없던 얘기들에 흠뻑 빠져들었다. 그녀는 윤기나는 입술을 살짝 벌린 채, 행복한 눈빛으로 얼굴을 환히 밝히고, 붙박이처럼 앉아 있었다. 이따금 질문을 하기도 했으나 대개는 침묵했다.

바깥 어디선가 괘종시계 치는 소리가 들려왔다. 정신이 든 아이린은 손목시계를 보고 외쳤다. "어머, 나 가봐야겠다, 클레어!"

잠시 그녀는 불편한 마음을 떨칠 수 없었다. 문득 자신이 클레어의 삶에 대해 아무것도 묻지 않았으며, 확실히 그럴 마음이 아예 없었다는 생각이 들었다. 내키지 않은 이유를 그녀는 너무도 잘 알고 있었지만, 스스로에게 물었다. 모든 것을 고려해볼 때, 질문을 하지 않는 편이 오히려 상대를 배려하는 게 아닐까? 만일 클레어에 관한 일들이, 자신은 물론 모두가 의심했던 그런 거라면, 지난 십이 년에 대해 묻는 것을 잊은 척하는 편이 좀더 영리한 행동이 아닐까?

만일? 그녀를 불편하게 만드는 것은 그 '만일'이었다. 온갖 가십과 겉으로 보이는 것들에도 불구하고, 명쾌하게 설명 못할 일이 전혀 없었을 수도 있었다. 그럴 수 있었다. 겉모습이란 이따금 실제와 들어맞지 않기도 한다는 것을 이제는 안다. 만일 클레어가 그렇지 않았다면, 그러니까 그들 모두가 틀렸던 거라면 자신은 그녀가 어떻게 살아왔는지 다소 관심을 보였어야 했다. 그러지 않는다면, 무례하고 이상해 보일 것이다. 하지만 그걸 어떻게 안단 말인가? 그녀는 마침내 그럴 방법이 없다고 결론내렸다. 그래서 그저 이렇게만 되풀이해 말했다. "나 가봐야겠다, 클레어."

"제발, 그렇게 서둘지 마, 린." 클레어가 가만히 앉은 채 애원했다.

아이린은 생각했다. '얘는 정말 좀 지나치게 예쁜 거 아닌가. 하긴, 그러니 놀랄 일도—'

"린, 이렇게 널 만났으니 이제 자주, 아주 자주 보고 싶어. 우린 적어도 한 달은 여기 머물 거야. 잭이, 내 남편 말이야, 업무상 여기 와 있어. 불쌍한 사람! 이 더위에. 너무 심하지 않니? 너 오늘밤 우리 숙소로 와서 저녁 먹지 않을래?" 그리고 그녀는 묘한 곁눈질로 아이린을 쳐다보았다. 도톰한 붉은 입술에 다른 사람의 속내를 훤히 들여다보며 비웃는 듯, 교활하고 비꼬는 미소가 떠올랐다.

아이린은 숨결이 거칠어지는 것을 의식했지만, 자신의 감정이 안도감인지 실망인지는 알 수 없었다. 그녀는 서둘러 말했다. "미안하지만 안 돼, 클레어. 일정이 꽉 차 있어. 저녁식사와 브리지파티 말이야. 미안해."

"그럼 내일 차를 마시러 와." 클레어는 완강했다. "마저리도 볼 수 있을 거야. 이제 막 열 살 됐어. 그리고 어쩌면 잭도, 내일 약속이나 뭐 그런 게 없다면."

아이린은 난처한 듯 작게 웃었다. 그녀는 내일도 볼일이 있었고 클레어가 믿지 않을까 걱정이었다. 그럴지도 모른다고 생각하니 갑자기 불안했다. 그리고 차를 마시는 것도 안 되고, 점심이나 저녁을 먹을 시간도 없다고 설명하면서 공연히 죄책감을 느끼는 자신이 문득 짜증스럽기도 했다. "금요일에는 주말여행을 떠날 예정이야. 아이들와일드, 알지? 요즘 꽤 뜨고 있잖아." 그러더니 그녀는 갑자기 좋은 수를 떠올렸다.

"클레어!" 아이린이 외쳤다. "너 나랑 같이 안 갈래? 우리 모임에 빈자리가 남아 있지는 않겠지만. 짐의 아내가 괴짜들을 죄다 불러모으는 재주가 있어서 말이야. 하지만 손님 방 하나쯤은 언제든 마련할 수 있어. 그럼 너도 빠진 사람 없이 다들 보게 될 거고."

초대의 말을 건네는 순간 그녀는 바로 후회했다. 이런 바보 같고, 이런 어리석은 충동에 굴복하다니! 자신이 떠맡게 될 끝없는 변명, 그 호기심, 그 말들, 그리고 치켜뜬 눈썹 같은 것들을 생각하며 그녀는 속으로 탄식했다. 그것은 자신이 속물이어서도 아니고, 이른바 흑인 사회를 제 스스로 울타리에 가두는 알량한 규제들과 차별을 지나치게 의식해서도 아니라고 확신했다. 그러나 클레어 켄드리가 그녀의 손님으로 아이들와일드에 나타날 경우에 얻게 될 신문 1면류의 악평에 대해 그녀는 본능적이고 뿌리 깊은 거부감이 있었다. 그런데도 지금 그녀는 어이없고 비이성적으로 클레어를 초대하고 있었다.

그러나 클레어는 고개를 저었다. "정말이지 너무 가고 싶어, 린." 그녀가 서글픈 표정으로 말했다. "나한테 지금 그보다 더 하고 싶은 일이 어디 있겠어. 하지만 난 못해. 하면 안 된다고. 절대로 안 돼. 너는 분명 이해할 거야. 진짜 가고 싶어 미치겠지만, 그럴 수 없어." 검은 두 눈은 반짝거렸고 허스키한 목소리는 미세하게 떨리는 듯했다. "그리고 진심이야, 린, 날 초대해줘서 정말 고마워. 내가 간다는 게 너에게 어떤 의미인지 다 잊었을 거라 생각하지 마. 네가 여전히 그런 것들에 신경을 쓴다면 말이지."

클레어의 눈과 목소리에서 눈물의 흔적은 말끔히 사라지고, 그녀의 안색을 살피던 아이린 레드필드는 기분이 상했다. 이제 상아색 가면에 불과한 그 얼굴 뒤에는 경멸의 쾌감이 웅크리고 있었다. 그녀는 시선을 피해 멀리 클레어가 등지고 있는 벽을 바라보았다. 그래, 그럴 만도 해. 안도감을 느꼈다는 걸 나 스스로도 인정하니까. 그것도 클레어가 암시한 바로 그 이유 때문이었다. 하지만, 클레어가 자신의 불안을 눈치챘다고 해서 안도감이 줄지는 않았다. 가식으로 보일 수 있는 어떤 것을 들켜 화가 났지만, 그게 다였다.

웨이터가 클레어의 거스름돈을 가져왔다. 아이린은 당장 가봐야 한다고 거듭 생각했다. 그러나 자리에서 꿈쩍하지 않았다.

사실을 말하자면, 그녀는 궁금했다. 클레어 켄드리에게 묻고 싶은 것들이 있었다. 그녀는 '패싱'이라는 위험한 일에 대해 알고 싶었다. 익숙하고 친근했던 모든 것을 끊어내고, 아마 전적으로 낯설지는 않더라도 분명 전적으로 우호적이지는 않을 다른 환경에서 새로운 기회를 얻으려는 시도에 대해. 예를 들면 출신 배경은 어떻게 설명하나. 그리고 다른 흑인들과 만날 때는 어떤 기분인가. 그러나 그녀는 물어볼 수 없었다. 묻는 맥락이나 말투가 무례하지 않으면서도, 너무 솔직하게 호기심을 드러내지 않는 질문을 하나도 생각해내지 못했다.

아이린의 바람과 망설임을 알아차리기라도 한 듯 클레어는 신중하게 말했다. "린, 난 말이야, 어째서 더 많은 유색인 소녀들, 너와 마거릿 해머 그리고 에스터 도슨 같은 소녀들이, 아니 더 많은 사람이 결코 '백인 행세'를 하지 않는지 궁금했어. 그건 정말 너무나 쉬운 일이거든. 그런 유형에 속한다면 조금만 용기를 내면 되는데."

"배경은 어쩌고? 내 말은, 가족 말이야. 어느 날 갑자기 생판 모르는 사람들 사이에 나타나서 두 팔 벌려 너를 환영해달라고 할 순 없을 것 아냐, 안 그래?"

"거의 그런 식이야." 클레어는 단호하게 말했다. "넌 놀랄 거야, 린. 그게 우리보다 백인들 사이에서 훨씬 쉽다는 걸 알면. 백인들 숫자가 훨씬 많아서 그런 건지, 자기들은 안전하니까 신경쓰지 않는 건지 나도 잘 모르겠더라."

아이린은 쉽게 믿기지 않았다. "그러니까, 네가 어디서 왔는지 설명할 필요가 없었단 말이야? 어떻게 그럴 수가."

클레어는 테이블 너머에서 재밌어서 못 견디겠다는 눈으로 그녀를 바라보았다. "사실을 말하자면, 난 말 안 했어. 다른 상황이었다면 나 자신을 설명해줄 그럴듯한 거짓말을 들려줬어야 했을지도 모르지. 난 상상력이 좋으니까, 꽤 훌륭하고 믿을 만한 사연을 지어냈을 테고. 하지만 그럴 필요가 없었어. 대고모들이 있었거든. 있잖아, 어떤 경우든 누구한테든 충분히 존경받고 믿을 만한 사람들."

"알겠다. 그들도 '패싱'한 거구나."

"아니, 그렇지 않았어. 그들은 백인이었어."

"아!" 그리고 다음 순간 아이린은 과거에 들었던 말이 떠올랐다. 아버지에게서, 아니 어머니에게서 들었을 가능성이 더 높았다. 그들은 밥 켄드리의 고모들이었다. 그는 그 고모들의 오빠가 흑인 여자를 만나 낳은 아들이었다. 젊은 날의 방종으로 태어난 자식.

"좋은 노인네들이었어." 클레어가 설명했다. "엄청 신앙이 깊고 교회의 생쥐들처럼 가난했지. 그들이 그토록 떠받들던 오빠, 내 할아버지라는 사람이 얼마 안 되는 자기 재산을 다 탕진하고는 그분들 몫의 동전 한푼까지 남김없이 써버린 거야."

클레어가 말을 멈추고 새 담배에 불을 붙였다. 아이린은 그녀의 미소, 그녀의 표정에 희미한 분노가 서려 있음을 느꼈다.

"대고모들은 독실한 기독교인들이라," 그녀가 말을 이었다. "아버지가 그렇게 술기운에 인생을 마감하니까 의무를 다하려고 나한테 일종의 가정을 마련해준 거지. 거짓말 아니고, 고모들은 내가 갖은 집안일에 빨래까지 도맡아 하며 밥값을 하기를 기대했어. 하지만 린, 알겠니, 그들이 아니었다면 세상 어디에도 나를 위한 집은 없었으리라는 걸?"

아이린은 고개를 끄덕이며 알겠다고, 이해한다고 조그맣게 중얼거렸다.

클레어는 빈정대듯 얼굴을 찡긋하며 말을 이었다. "게다가 그분들 생각에는 고된 일이 나한테 좋은 거였어. 내 몸에는 흑인의 피가 흘렀고, 그분들은 '흑인들은 노동을 원하는가?' 같은 제목의 긴 기사를 쓰고 읽던 세대였으니까. 그들은 또, 노아가 술이 좀 과했을 때 함이 그를 조롱했기 때문에, 자비로운 신이 함의 아들딸들을 땀흘려 일하도록 만들었다는 얘기를 이만저만 믿는 게 아니었어. 대고모들이 그 늙은 술고래가 함과 그의 자손들을 영원히 저주했다고 말했던 기억이 나."

아이린은 웃었다. 그러나 클레어는 여전히 꽤 진지했다.

"정말이지, 그건 그냥 농담이 아니었어, 린. 열여섯 소녀에게는 고된 삶이었지. 머리 위에 지붕이 있고, 음식과 옷이 있긴 했어도 초라하기만 했어. 그리고 성경이 있었지. 도덕과 검소함과 부지런함, 자비로운 주님의 사랑과 은총에 관한 말씀이."

"클레어, 너 그런 생각 해본 적 있니?" 아이린이 물었다. "주님의 사랑과 자비라는 이름으로 얼마나 많은 불행과 지독한 학대가 용인되는지? 그것도 늘 가장 열렬한 신자들에 의해서 말이야."

"생각해본 적이 있냐고?" 클레어가 외쳤다. "그것이, 그들이 오늘의 나를 만들었어. 왜냐하면, 당연히 난 도망가기로, 자비의 대상이나 골칫거리, 심지어는 경솔한 함의 딸이 아닌, 사람이 되기로 결심했으니까. 게다가 난 욕심이 없지 않았어. 나는 내가 못생기지 않았고, 백인처럼 보일 수 있다는 것도 알았지. 린, 너는 모를 거야, 사우스사이드에 갈 때면 내가 얼마나 너희 모두를 미워하다시피 했는지. 너희들은 내가 갖고 싶었지만 결코 가질 수 없던 것들을 다 가지고 있었어. 나는 그것들을 다 가지고 그보다 더 많은 것들까지 갖고야 말겠다는 결심을 점점 굳혀갔지. 내 심정을 이해하겠니, 이해할 수 있겠어?"

그녀는 신랄하면서도 애절한 느낌으로 시선을 들었다. 그리고 아이린의 공감하는 표정이 충분한 대답이 되었다는 듯 이야기를 계속했다.
"대고모들이 별스럽긴 했어. 성경을 읽고 기도를 하고, 그렇게나 정직을 부르짖으면서도 그들은 자신의 사랑하는 형제가 검둥이 여자를 유혹했다는—그들 말로 하자면 타락시켰다는—것을 누구에게도 알리고 싶어하지 않았어. 타락은 눈감아줄 수 있어도, 검둥이 피는 용서할 수 없었던 거지. 대고모들은 내가 이웃들에게 흑인이라는 말, 심지어 사우스사이드라는 말조차도 못하게 막았어. 내가 뭐하러 그러겠어. 그게 결국 나한테는 좋은 일을 한 셈이지만, 그분들은 분명히 후회했을 거야."

그녀가 웃었고, 종처럼 울려퍼지는 웃음 속에는 단단한 쇳소리가 들어 있었다.

"멀리 도망칠 기회가 왔을 때, 입다물고 지낸 덕을 톡톡히 봤지. 이웃에는 학교 다닐 때 잭과 알고 지낸 사람들이 더러 있었는데, 그가 남미에서 엄청난 돈을 벌어 나타났을 때 그에게 내가 유색인이라고 말할 사람은 아무도 없었어. 반면에 대고모 그레이스와 에드나의 엄격함과 신앙심에 대해 말해주는 사람은 많았거든. 나머지는 짐작할 수 있겠지. 잭이 온 이후로 난 사우스사이드로 몰래 외출하는 대신 그를 만나러 다녔어. 양쪽 다는 못하겠더라. 결국 난 대고모들에게 결혼 얘기를 꺼내봐야 부질없다고 어렵지 않게 그를 설득했지. 그렇게 내가 열여덟 살이 되던 날 우리는 그곳을 떠나 결혼한 거야. 그게 다야. 그보다 더 쉬운 일이 없었지."

"그래, 너한테는 참 쉬운 일이었구나. 그런데, 참! 그분들이 우리 아버지에게 네가 결혼했단 말을 왜 안 했을까. 네가 우리집에 발길을 끊어서 아버지가 그분들을 찾아갔었거든. 분명히 안 했던 것 같아. 네가 결혼했다는 말은."

클레어 켄드리의 두 눈에 눈물이 고여 반짝 빛이 났다. "고마우셔라! 날 걱정해서 찾아와주셨다니. 인정 많고, 다정한 분이야! 대고모들은 말해줄 수 없었을 거야, 몰랐으니까. 내가 조심했지. 혹시라도 나중에 양심의 가책을 느끼고 전부 다 털어놓을지도 모르잖아. 그 노인네들은 아마 내가 어디서든, 남자와 동거하나보다 생각했겠지. 결국은 예상대로 된 거지만."

재밌다는 미소가 한순간 그녀의 사랑스러운 얼굴을 환히 밝혔다. 짧은 침묵 뒤에 그녀가 진지하게 말했다. "하지만 그분들이 네 아버지에게 그렇게 말했다면 유감이네. 난 그 생각은 못했어."

"그건 잘 모르겠어." 아이린이 말했다. "아무튼 아버지는 그렇게 얘기하지 않으셨거든."

"안 그러셨겠지, 린. 너희 아버지라면 그럴 분이 아니지."

"고마워. 나도 아닐 거라고 확신해."

"그런데 너 아직 내 질문에 아무 답도 안 했어. 솔직히 말해봐, 너 정말 한 번도 '패싱'할 생각은 안 해봤니?"

아이린은 즉시 대답했다. "아니, 내가 뭣 때문에?" 그녀의 지나치게 경멸하는 듯한 목소리와 태도에 클레어의 얼굴은 달아올랐고 눈에는 섬광이 스쳐갔다. 아이린은 황급히 덧붙였다. "있잖아, 클레어, 난 내가 원하는 것을 다 가졌어. 어쩌면 돈은 조금 더 있으면 좋겠지만."

그 말에 클레어가 웃었다. 분노의 불꽃은 나타났던 만큼 빠르게 사라졌다. "물론," 그녀가 힘주어 말했다. "돈 싫다는 사람 없지. 가진 사람들조차 조금이라도 더 가지고 싶어하는 게 돈이니까. 난 그런 사람들 욕할 맘 없어. 돈이 있다는 건 정말 근사한 일이거든. 실제로 모든 것을 고려해보면, 내 생각엔, 대가를 치를 만한 가치가 있어, 린."

아이린은 그저 어깨를 으쓱해 보일 뿐이었다. 그녀의 이성은 부분적으로 동의했으나, 본능은 온전히 저항했다. 이유는 말할 수 없었다. 그리고 서두르지 않으면 저녁 약속에 늦을 것을 알면서도 계속 꾸물대며 시간을 끌었다. 마치 예전에 그녀가 알던 소녀, 지금 테이블 맞은편에 앉은 여자가 아이린 레드필드의 눈에는 상당히 위험하고 혐오스러운 일을 성공적으로 마친 후에 대단히 흡족해하며, 그녀에게 저항할 수 없는 이상한 마법을 걸고 있는 것 같았다.

클레어 켄드리는 등받이가 높은 의자에 여전히 등을 기대고 앉아 있었다. 조금 처진 어깨 너머로 테두리에 새겨진 무늬가 보였다. 그녀는 준비하고 바라왔던 일을 하는 사람처럼 무심하면서도 자신감 넘치는 모습으로 앉아 있었다. 어떤 여자들은 드물게 태어나면서부터, 그리고 어떤 여자들은 부와 명성을 얻으면서 갖추게 되는 정중하면서도 오만한 분위기가 그녀에게서 흘러나왔다.

클레어의 그런 면이 백인 행세를 하며 생겨난 것은 아니라는 사실을 떠올리며 아이린은 가벼운 만족감을 느꼈다. 그녀에게는 항상 그런 면이 있었다.

그녀가 언제나 저 밝은 금발이었던 것처럼. 여전히 길고, 넓은 이마 뒤로 느슨히 빗어 넘겨 작은 클로시 햇으로 한쪽을 가린 금발. 제라늄처럼 붉게 칠한 그녀의 입술은 달콤하고 섬세하면서도 약간은 고집스러워 보였다. 고혹적인 입. 이마에서 뺨으로 이어지는 부분이 조금 옆으로 퍼진 감이 있었지만, 상아색 피부에는 특유의 부드러운 광채가 돌았다. 그리고 눈은 굉장했다! 이따금 새카맣게도 보이는 짙은 두 눈은 길고 검은 속눈썹 사이에서 항상 빛났다. 나른하고 최면을 걸듯 사람을 사로잡는 그 눈은 따듯하면서도 비밀스러운 데가 있었다.

아! 그렇지! 그것은 흑인의 눈이었다! 신비롭고 뭔가 감춰진 그 눈은. 밝은 금발 아래 상아색 얼굴에서 두 눈은 이국적인 느낌을 자아냈다.

그래, 클레어 켄드리의 아름다움은 전적으로, 의심할 바 없이 그녀의 할머니가 그리고 어머니와 아버지가 물려준 저 눈 때문이었다.

그 눈 속에 미소가 떠오르자, 아이린은 그것이 자신을 쓰다듬고 어루만져주는 느낌이 들었다. 그녀도 미소를 지었다.

"너 그러면," 클레어가 제안했다. "돌아와서 월요일에는 올 수 있겠다. 혹시 그때 안 오면, 화요일이나."

아이린은 아쉬운 듯 낮은 한숨을 내쉬며 클레어에게 월요일에 돌아오지 못할 것 같고 화요일에는 볼일이 첩첩이 기다릴 거라고 알려주었다. 그리고 수요일에는 뉴욕으로 떠난다고. 그런데 화요일이라면 어떻게 틈이 날지도 모르겠다고.

"아, 그러면 되겠다. 다른 약속을 미뤄봐. 다른 사람들은 언제든 널 볼 수 있지만, 나는, 그래, 난 어쩌면 널 다시 못 볼 수도 있는데! 그 생각을 해, 린! 너 와야만 해. 무조건 와야 한다니까! 안 오면, 난 영원히 널 용서하지 않겠어."

그 순간 클레어 켄드리를 다시 볼 수 없다는 생각이 끔찍하게 느껴졌다. 게다가 간절히 애원하고 달래는 듯한 클레어의 눈빛을 보며 아이린은 이번이 마지막 이별이 아니기를 바라고 소망했다.

"노력해볼게, 클레어." 그녀가 조심스레 약속했다. "내가 전화할게—아님 네가 할래?"

"내가 너한테 전화하는 편이 낫겠다. 너희 아버지 이름이 전화번호부에 있잖아, 주소는 같더라. 6418. 기억력 좋지? 잊지 마, 내가 기다리고 있다는 거. 꼭 와야 해."

다시 특유의 사람을 녹이는 미소.

"최대한 애써볼게, 클레어."

아이린은 장갑과 핸드백을 들었다. 둘은 자리에서 일어났다. 아이린이 손을 내밀었다. 클레어가 그 손을 꼭 쥐었다.

"다시 만나서 기뻤어, 클레어. 아버지가 네 소식을 들으면 얼마나 놀라고 반가워하실까!"

"그럼 화요일에 보자." 클레어가 대답했다. "난 지금부터 매 순간 너와의 만남을 기다리고 있을 거야. 잘 가, 린. 아버지께 안부 전해줘. 그리고 이 입맞춤도."

해는 머리 위에서 사라졌지만 도로는 여전히 타오르는 용광로 같았다. 후덥지근한 미풍이 여전히 더웠다. 허둥대며 걷는 사람들은 아이린이 그들과 접촉하는 것이 싫어 자리를 피했던 이전보다 한층 더 지쳐 보였다.

클레어 켄드리의 매혹적인 미소에서 풀려나와, 드레이튼호텔 스카이라운지의 시원함과는 아득히 먼 무더위 속에서 애비뉴를 건너가며 아이린은 짜증이 몰려오기 시작했다. 상대가 자신을 만나 기뻐하는 것을 보고 뭘 그렇게까지 기분이 좋고 우쭐했을까.

땀을 흘리며 집으로 돌아가는 길에 짜증은 점점 더 심해졌고, 그녀는 어쩌자고 클레어에게 그런 약속을 했는지 자문했다. 얼마 남지 않은 빡빡한 일정에 시간을 내서 그녀와 또다른 오후를 보내겠다니. 그것도 그토록 용의주도하게 자신의 삶에서 벗어나 완전히 다른 삶을 살아가는 사람, 본인 말대로라면 어쩌면 다시 못 볼지도 모를 사람과 말이다.

대체 어쩌자고 그런 약속을 한 것일까?

본가 계단을 올라가며, 오후에 우연히 클레어를 만난 얘기를 들려드리면 아버지가 얼마나 흥미롭고 재밌게 들으실까 생각하다가 그녀는 클레어가 결혼 후 바뀐 성姓을 언급하지 않았음을 깨달았다. 그녀는 남편 이름이 잭이라고만 했다. 그게 다였다. 일부러 그랬나? 아이린은 속으로 물었다.

클레어는 수화기만 들면 그녀와 통화할 수 있었다. 카드를 보내거나 택시만 타면 됐다. 하지만 자신은 클레어에게 연락할 방법이 없었다. 그녀와의 만남에 관심을 가질 만한 그 누구도 그럴 수 없었다.

"연락은 무슨!"

열쇠가 자물쇠 안에서 돌아갔다. 그녀는 안으로 들어섰다. 아버지는 아직 돌아오시지 않은 듯했다.

결국 아이린은 아버지에게 클레어 켄드리에 관해 아무 말도 하지 않기로 했다. 그녀는 자신의 성실함이나 분별력을 그토록 저평가하는 사람에 대해 말하고 싶지 않았다. 게다가 화요일 약속 때문에 애써볼 생각도, 그러고 싶은 마음도 털끝만큼도 없었다. 그 일 때문이라면 다른 어떤 날이라도.

클레어 켄드리와는 끝난 사이였다.

3

화요일 아침에는 회색 하늘이 그을린 도시를 둥근 지붕처럼 감쌌다. 은빛 안개가 비를 예고하며 답답한 공기를 씻어줄까 했으나, 비는 내리지 않았다.

이 어슴푸레하고 불길한 안개는 아이린 레드필드에게 그날 오후에 클레어 켄드리를 만나지 않을 또다른 이유였다.

그러나 그녀는 클레어를 만났다.

전화. 몇 시간 동안 뭔가에 사로잡힌 듯 전화벨이 울렸다. 아홉시부터 그녀는 끈질긴 전화벨소리를 듣고 있었다. 한동안은 전화벨이 울릴 때마다 단호하게 말했다. "나 없어요, 리자, 용건만 확인해줘요." 그리고 가정부는 매번 돌아와 이렇게 전했다. "같은 여자분인데요, 레드필드 부인. 다시 전화하시겠답니다."

정오에 아이린의 신경은 끊어질 듯했고, 다시 통화를 거절하러 가던 리자의 흑단 같은 얼굴에 비난하는 표정이 떠오르자 양심의 가책을 느꼈다. 아이린은 마음이 약해졌다.

"아, 됐어요. 이번엔 받을게, 리자."

"또 그 여자분이에요."

"여보세요…… 네."

"나야 클레어, 린…… 어디 갔던 거야?…… 네시쯤 여기로 올 수 있니?…… 뭐라고?…… 하지만, 린, 약속했잖아! 잠깐이라도…… 네가 원한다면, 할 수 있는…… 너무 실망이다. 널 볼 수 있을 줄 알았는데…… 그러지 말고 와줘. 잠깐만. 마음만 먹으면, 어떻게 해볼 수 있을 거 아냐…… 오래 붙잡지 않을게…… 그래…… 기다릴게…… 여기 모건이야…… 아, 그래! 벨루, 존 벨루 부인…… 그럼, 네시쯤…… 볼 수 있다니 너무 좋다!…… 나중에 봐."

"젠장!"

아이린은 수화기를 탕 내려놓으며 이내 자책감에 휩싸였다. 또 같은 실수를 했다. 클레어 켄드리에게 설득당해, 시간도 안 되고 특별히 더 마음이 끌리는 일도 아닌데 약속을 해버린 것이다. 클레어의 목소리에서 대체 무엇이 그렇게 호소력 있게, 그토록 사람을 홀리는 것일까?

클레어는 호텔 로비에 나와 키스로 그녀를 맞았다. 그리고 말했다. "와줘서 고마워, 린. 하긴 넌 항상 내게 잘해줬잖아." 그녀의 저항할 수 없는 미소를 마주하자 아이린의 불쾌함도 누그러들었다. 심지어 찾아간 것이 조금 기쁘기까지 했다.

클레어는 가벼운 걸음으로 문이 살짝 열려 있는 방 쪽으로 앞서가며 말했다. "놀랄걸. 진짜 파티야. 두고 봐."

아이린은 넓고 천장이 높은 거실로 들어갔다. 창에 걸린 선명한 푸른색 커튼이 어두운 초콜릿색의 가구들 사이에서 단연 눈에 띄었다. 클레어는 커튼과 비슷한 푸른 색조의 나풀거리는 얇은 드레스를 입고 있었다. 드레스는 그녀에게도 그리고 조화를 이루기가 힘들 듯한 방에도 완벽하게 어울렸다.

아이린은 잠시 방에 아무도 없다고 생각했다. 그러나 돌아보니 한 여자가 커다란 소파에 깊숙이 파묻혀 그녀를 물끄러미 바라보고 있었다. 어찌나 뚫어지게 쳐다보는지 올려다보는 눈길이 마비되기라도 한 듯 눈꺼풀이 팽팽했다. 처음에 아이린은 모르는 사람으로 여겼다가 다음 순간 쌀쌀맞고 불쾌함이 묻어나는 목소리로 말했다. "아, 어떻게 지냈니, 거트루드?"

여자는 고개를 까딱하며 삐죽 나온 입술에 억지 미소를 지었다. "잘 지내고 있어." 그녀가 대답했다. "그런데 아이린, 넌 똑같다. 하나도 안 변했어."

"고마워." 아이린이 자리에 앉으며 대답했다. 그녀는 생각했다. '맙소사! 한꺼번에 둘씩이나!'

거트루드도 백인과 결혼했기 때문이다. 사실을 말하자면 그녀가 백인 행세를 하는 건 아니었다. 같은 학교 동창인 그녀의 남편—이름이 뭐였더라?—은 물론 그의 가족과 친구들 대부분이 그녀가 흑인이라는 사실을 알고 있었다. 당시에 아이린이 보기에 그는 상관없는 것 같았다. 지금도 그럴까? 그녀는 궁금했다. 프레드—맞아, 프레드 마틴이었지—는 거트루드와 결혼한 걸 후회한 적이 있었을까? 거트루드는?

아이린이 거트루드 쪽으로 돌아앉으며 물었다. "프레드는, 잘 지내니? 본 지도 한참 지났네."

"아, 잘 지내." 거트루드가 짧게 대답했다.

한동안 아무도 말이 없었다. 마침내 클레어가 쾌활하고 친근한 목소리로 짓누르는 듯한 침묵을 깼다. "우리 어서 차부터 마시자. 린, 넌 오래 못 있잖아. 그리고 너무 아쉽지만 마저리는 못 볼 것 같아. 주말에 잭의 친척들을 만나러 밀워키 근처 호수에 갔었는데 마저리가 애들이

랑 같이 있겠다잖아. 시내가 이렇게나 뜨거우니, 애를 말리지도 못하겠더라. 하지만 잭은 곧 올 거야."

아이린이 짧게 말했다. "잘됐네."

거트루드는 계속 말이 없었다. 뭔가 마음에 안 드는 게 분명했다. 아이린은 그녀가 있는 것이 못마땅했고, 순간 설명할 수 없는 분노가 치밀며 방어적인 기분이 들었다. 하지만 이상한 것은 지금 클레어라는 여자가, 거트루드라는 여자를 초대한 것이었다. 물론, 클레어는 모를 만도 했다. 십이 년 만에 만나는 것이니까.

왜 화가 났었는지 나중에 곰곰이 생각해보고야, 아이린은 자신이 타고난 계층과 인종을 고수함으로써 소수에 속하게 되었고, 혼자라는 느낌을 받았기 때문임을 마지못해 인정했다. 결혼이라는 큰일뿐 아니라 살아가는 전반적인 방식에서도 마찬가지였다.

클레어가 다시 입을 뗐고, 이번에는 이야기가 길어졌다. 그녀는 유럽의 여러 도시에서 오래 머물다 온 후에 시카고가 주는 색다른 느낌에 대해 말했다. 그랬다. 그녀는 거트루드의 몇 가지 질문에 대답하며 미국에 한두 번 오기는 했으나 뉴욕과 필라델피아까지였고, 워싱턴에서 며칠을 보낸 적도 있다고 했다. 국제금융 에이전트인가 하는 남편 존 벨루는 이번 여행에 그녀가 함께 오는 것을 탐탁지 않게 생각했으나, 시카고 출장 얘기를 듣자마자 그녀는 무조건 동행하기로 결정했다는 것이었다.

"그럴 수밖에 없었어. 오자마자 아는 사람들을 만나 그동안 다들 어떻게 지냈나 알아보기로 했지. 방법은 잘 몰랐지만, 여하튼 그러려고 했어. 어떻게든. 그런데 린, 틈을 봐서 너희 집으로 찾아가든가 전화를 걸어 너를 만나보려던 차에, 널 우연히 만났지 뭐야. 정말 운이 좋았지 뭐니!"

아이린도 운이 좋았다고 동의했다. "나도 오 년 만에 처음으로 친정에 왔다가 막 떠날 참이었거든. 일주일 후면 이미 떠나고 없었을 테지. 그런데 세상에 거트루드는 어떻게 찾아낸 거야?"

"전화번호부에서. 프레드가 기억났어. 아버지가 아직 정육점을 하시더라."

"아, 그래." 아이린이 말했다. 클레어가 "코티지그로브 근처에—"라고 언급하자 그제야 아이린도 생각이 났다.

거트루드가 끼어들었다. "아니야. 이사했어. 우리 이제는 메릴랜드 애비뉴에 있어—전에는 잭슨 애비뉴였지. 63번가 근처에 말이야. 그리고 가게는 프레드 소유야. 아버지랑 이름이 같아."

아이린은 거트루드가 정육점 주인의 아내처럼 보인다고 생각했다. 고등학교 시절에 모두의 부러움을 자아내던 앳되고 예쁜 모습은 조금도 남아 있지 않았다. 뚱뚱한 축에 들 만큼 몸집이 불었고, 크고 하얀 얼굴은 주름은 없었지만 밋밋한 피부가 빠르게 늙어가고 있는 듯 보였다. 짧게 자른 검은 머리는 뭘 어떻게 한 건지 자연스러운 결이 하나도 남아 있지 않았다. 지나치게 장식이 많은 조젯크레프 원피스는 너무 짧아 현란한 장밋빛이 섞인 촌스러운 베이지색 스타킹을 신은 굵은 다리가 꼴사납게 드러났다. 통통한 손에는 외출 목적으로 새로 바른 듯, 서툰 솜씨로 매니큐어가 칠해져 있었다. 그리고 그녀는 담배를 피우지 않았다.

클레어가 말했다. 아이린은 그녀의 허스키한 목소리에 살짝 날이 서 있다고 생각했다. "아이린, 네가 오기 전에, 거트루드가 두 아들 얘기를 해줬어. 쌍둥이래. 생각해봐! 너무 대단하지 않니?"

아이린은 뺨이 달아오르는 것을 느꼈다. 섬뜩해라, 클레어는 어떻게 사람의 속내를 알아채는 걸까. 그녀는 당황했지만 아무렇지 않은 듯 말했다. "잘했네. 나도 사내애가 둘이야, 거트루드. 쌍둥이는 아니고. 클레어가 좀 뒤처지네, 안 그래?"

그러나 거트루드는 클레어가 제일 잘된 거 아니냐고 했다. "얘는 딸이잖아. 난 딸을 원했는데 말이야. 프레드도 그렇고."

"그건 좀 의외네?" 아이린이 물었다. "남자들은 대개 아들을 원하잖아. 이기심이 아닐까 해."

"글쎄, 프레드는 아니었어."

클레어 쪽에 찻잔과 도구들이 놓였다. 그녀는 주의를 돌려 긴 유리 피처에 든 진한 호박색 음료를 멋지고 날씬한 잔에 따라 손님들에게 건넸다. 그다음에는 레몬이나 크림, 그리고 조그만 샌드위치나 케이크를 권했다.

자기 잔을 들고 나서 그녀가 말했다. "그래, 난 아들이 없고, 갖지도 않을 거야. 마저리가 태어나기까지 아홉 달 동안 무서워 죽는 줄 알았어. 아이 피부가 검을까봐 말이야. 다행히 아이는 괜찮았지만. 하지만 다시는 그런 위험을 감수하지 않겠어. 절대로! 그 긴장감이란 한마디로 진짜, 가혹한 지옥이야."

거트루드 마틴은 동감이라는 듯 고개를 끄덕였다.

아이린은 이번에는 아무 말 하지 않았다.

"말 안 해도 알지!" 거트루드가 열을 올리며 말했다. "그 괜찮다는 게 뭔지 나도 알아. 넌 아니라고 생각할지 몰라도 나 역시 죽을 만큼 무서웠어. 프레드가 나더러 바보 같다고 했고, 시어머니도 그랬어. 나더러 쓸데없는 걱정을 한다며 임신 탓일 거라나. 그들이 무슨 수로 알겠어. 엄마와 아빠의 피부색이 어떻든, 몇 대를 거슬러내려와서도 다시 검은 아이가 태어날 수 있다는 것을."

거트루드의 이마에 땀이 맺혔다. 그녀는 눈을 가늘게 뜨고 눈동자를 굴리며 처음에는 클레어를, 다음에는 아이린을 바라보았다. 그녀는 살찐 손을 내저으며 말했다.

"아니." 그녀가 계속했다. "나도 더는 안 낳을 거야. 딸이라 해도. 세대를 건너 튀어나온다는 게 끔찍해. 그래, 남편은 사실 내가 걱정만 안 한다면, 피부색이 어떻든 괜찮다고 했어. 하지만 아이가 깜둥이이기를 바라는 부모가 어디 있겠어." 그녀의 목소리는 진지했고, 물론 듣는 사람들도 전적으로 동의할 거라고 확신했다.

아이린은 가벼운 경련을 일으키며 고개를 쳐들었다. 그리고 심지어 자신의 차분한 목소리마저도 뿌듯하게 느끼며 말했다. "내 아들 하나는 피부가 검어."

거트루드는 총이라도 맞은 사람처럼 펄쩍 뛰었다. 그녀는 입을 쩍 벌리고 눈을 부릅떴다. 말이 쉽게 소리가 되어 나오지 않았다. 그러다 마침내 더듬거리며 가까스로 말했다. "그러면 네 남편이…… 그가 음…… 그 사람도 피부가 검다는 거야?"

아이린은 밀려드는 감정들, 분노와 노여움, 그리고 모욕감과 싸워야 했지만 뜨거운 팔월의 오후에 긴 잔에 든 호박색 아이스티를 마시는 자리에서 혼자 소외감을 느끼지도, 다른 사람들을 경멸하지도 않으면서 무심하게 대답할 수 있었다. 아이린은 그녀의 남편은 백인인 척 행세할 수 없는 사람이라고 조용히 말했다.

그 대답에 클레어는 그 매혹적이고, 어루만지는 듯한 미소로 아이린을 바라보며 슬쩍 빈정대듯 덧붙였다. "난 정말, 유색인들—그러니까 우리—이 어떤 면에서는 정말 어리석다고 생각해. 결국, 아이린이나 대다수의 다른 사람들에게는 중요한 일이 아닌 거잖아. 끔찍하게는 아닌 거지. 거트루드, 너조차도. 나 같은 탈주자들만 자연의 변덕 앞에서 두려움을 느끼는 거야. 존경하는 우리 아버지가 늘 하시던 말처럼 '모든 것에는 반드시 대가가 있는 법'이니까. 자, 이제 너희 둘 중 누가 클로드 존스는 어떻게 됐나 얘기 좀 해봐. 그, 키 크고 멀대 같은 괴짜 말이야. 왜 웃긴 콧수염을 기르고 다녀서 여자애들이 킬킬대며 웃곤 했잖아. 숯으로 가늘고 길게 그어놓은 것 같던, 그 콧수염 말이야."

그러자 거트루드가 깔깔 웃었다. "클로드 존스!" 그리고 그가 이제 흑인도 기독교인도 아닌 유대인이 되었노라며 얘기를 쏟아냈다.

"유대인이라고!" 클레어가 외쳤다.

"그래, 유대인. 스스로 자기를 검은 유대인이라고 불러. 햄도 안 먹고 토요일이면 시너고그에 가. 이제는 콧수염에다 턱수염까지 달고 다닌다니까. 아마 너희 걔를 보면 웃겨 죽을걸. 정말이지 너무 웃겨서 비명이 절로 나와. 프레드는 걔가 미쳤다고 그러는데, 내가 보기에도 그래. 아, 정말 또라이 맞아, 전형적인 또라이!" 그러더니 그녀는 다시 깔깔 웃었다.

클레어의 웃음소리가 울려퍼졌다. "야 그거 진짜 재밌다. 그래도, 그건 누가 참견할 일이 아니잖아. 그렇게 해서 그에게 더 낫다면—"

거기서, 올바름 따위는 무시하는 그녀의 태도에 불편함을 느끼던 아이린이 끼어들어 날카롭게 지적했다. "아마도 너희는, 너도 거트루드도, 걔가 진지하게 종교를 바꿨다는 생각은 못하나보구나. 모두가 이익만 좇으며 사는 건 아니야."

클레어 켄드리는 그 말이 결국 무엇을 의미하는지 생각할 필요가 없었다. 그녀는 얼굴을 약간 붉히며 진지하게 대꾸했다. "그래 인정해, 그럴 수 있어. 그가 진지했다고, 내 말은. 내가 생각이 짧았다. 그게 다야. 하지만 놀랐는걸." 그리고 진지함은 빈정거림으로 바뀌었다. "네가 그런 식으로 생각하다니. 진짜 그렇게 생각하는 거야?"

"설마 나더러 그 질문에 답하라는 건 아니겠지." 아이린이 그녀에게 말했다. "지금 여기서."

거트루드의 얼굴은 혼란으로 가득했다. 하지만 나머지 두 사람의 얼굴에 희미하게 번지는 미소를 보며, 그 미소가 서로의 속마음을 은폐하는 장치라는 것을 알아채지 못한 채 따라 웃었다.

클레어는 인종이나 다른 민감한 주제들로 흐르지 않도록 주의를 기울여가며 대화를 끌어가기 시작했다. 아이린은 처음으로 가볍고 세련된 화술의 정석을 감상하게 되었다. 클레어의 말들은 완급이 조화로운 시냇물처럼 우아하게 그들 사이를 흘러다녔다. 그녀의 웃음은 종소리처럼 울려퍼졌다. 소소한 일화들은 톡톡 튀었다.

아이린은 이따금 "그래" 또는 "아니"라고만 거들었다. 거트루드의 "설마!" 소리도 점점 줄어갔다.

한동안 완벽에 가까운 평범한 대화가 이어졌다. 아이린은 자신의 분노가 차츰 조용한 감탄으로 변하는 것을 인정할 수밖에 없었다.

클레어의 말이 계속됐다. 그녀의 목소리, 그녀의 몸짓이 그녀가 말하는 모든 것에, 전쟁중의 프랑스, 전후의 독일, 영국 총파업 때의 격앙된 분위기, 파리의 오트쿠튀르 패션쇼, 부다페스트의 새롭고 유쾌한 분위기에 색을 입혔다.

그러나 이 언어의 곡예는 계속될 수 없었다. 거트루드가 소파에서 엉덩이를 들썩이며 손가락을 만지작거리기 시작했다. 아이린은 신문과 잡지 그리고 책에서 읽은 것과 똑같은 얘기들이 반복되는 게 지루했다. 그녀는 찻잔을 내려놓고 핸드백과 스카프를 들었다. 그녀가 장갑을 끼려고 가죽장갑의 손가락을 반듯이 펴고 있을 때, 문이 열리는 소리가 났다. 클레어가 안도하는 표정으로 자리에서 벌떡 일어나며 말했다. "잘됐다! 잭이 시간을 딱 맞춰서 왔네. 린, 너 지금은 못 가."

존 벨루가 방으로 들어왔다. 아이린이 처음 발견한 점은, 그가 클레어 켄드리와 드레이튼호텔의 스카이라운지에 함께 있던 남자가 아니라는 거였다. 클레어의 남편이라는 이 남자는 키가 상당히 크고 건장했다. 아이린의 눈에 서른다섯 살에서 마흔 살쯤으로 보였다. 짙은 갈색의 곱슬머리, 건강해 보이지 않는 희멀건 얼굴, 약간 여성스러운 데가 있는 부드러운 입매. 탁하지만 생기 넘치는 철鐵회색의 눈동자는 두껍고 푸르스름한 눈꺼풀 사이에서 쉴새없이 움직였다. 아이린은 겉보기보다 힘이 셀 것 같다는 인상 외에는 별로 특별한 점이 없다고 결론내렸다.

"안녕, 닉*." 클레어를 향한 그의 인사였다.

---

* Nigger의 준말. 깜씨.

놀라서 움찔했던 거트루드는 다시 원래의 자세로 돌아가 입술을 깨문 채 부부를 지켜보는 아이린을 훔쳐보았다. 심지어 클레어 켄드리라 해도 외부자가 자신의 인종을 이렇게 비웃도록 놔두다니 믿기 힘들었다. 그 외부자가 남편이라 할지라도. 그렇다면 그는 클레어가 흑인이라는 것을 알고 있단 말인가? 지난번의 대화에서 아이린은 그가 그 사실을 모른다고 이해했었다. 하지만 손님들이 보는 앞에서 아내를 저렇게 부르다니 얼마나 무례하고, 심한 모욕인가!

남편을 소개할 때, 클레어의 눈에 이상한 섬광이 비쳤다. 비웃음 같기도 했다. 아이린은 말로 표현할 수 없었다.

소개에 이어지는 형식적인 말들이 끝나자 클레어가 물었다. "너희들, 잭이 날 뭐라고 부르는지 들었지?"

"응." 거트루드가 예의상 웃으며 대답했다.

아이린은 말하지 않았다. 그녀의 눈길은 클레어의 미소 짓는 얼굴에 머물렀다.

클레어가 눈을 파르르 내리떴다. "애들한테 말해줘요, 여보. 당신이 날 왜 그렇게 부르는지."

남자는 눈가에 주름이 잡히도록 킥킥거리며 웃었고, 아이린은 그것이 불쾌한 웃음이 아님을 인정해야만 했다. 그가 설명했다. "그러니까, 그게 이렇게 된 거죠. 우리가 결혼할 무렵에는요, 이 사람이 하얀 것이 뭐랄까, 그, 백합처럼 하얬어요. 그런데 정말 나날이 피부가 까매지고 까매지더라고요. 그래서 내가 이 사람더러 그러죠. 조심하지 않았다가는 어느 날 자고 일어나니 깜둥이로 변했더라, 할 거라고요."

그가 큰 소리로 웃었다. 종소리 같은 클레어의 웃음이 어우러졌다.

다시 불편한 듯 몸을 들썩이던 거트루드도 새된 웃음을 보탰다. 입술을 깨문 채 앉아 있던 아이린이 "재밌네요!"라고 외치며 큰 소리로 웃음을 터뜨렸다. 그녀는 웃고 웃고 또 웃었다. 눈물이 뺨을 타고 흘렀다. 옆구리가 아팠다. 목이 아팠다. 다른 사람들이 웃음을 그치고 나서도 한참 동안 웃고 또 웃고 계속해서 웃었다. 그러다 문득 클레어의 얼굴을 보고 이 대단한 농담을 좀더 조용히 즐길 필요가 있으며, 주의해야 한다고 느꼈다. 그녀는 당장 웃음을 멈췄다.

클레어가 남편에게 차를 건네며 애교스럽게 그의 팔에 손을 얹었다. 그리고 자신 있게 즐기는 투로 말했다. "세상에, 잭! 이렇게 오랜 세월을 함께한 뒤에, 나에게 흑인의 피가 일이 퍼센트쯤 섞여 있다 한들 달라질 게 있어요?"

벨루는 서둘러 완강하고 단호하게 손을 내저었다. "아, 아니지. 닉." 그가 말했다. "나한테는 있을 수 없는 일이야. 내가 당신이 깜둥이가 아닌 걸 아는 한, 다 괜찮아. 당신이 얼마든지 까매져도 상관이 없다고, 당신이 깜둥이가 아니라는 걸 내가 아니까. 하지만 거기까지야. 우리 집안에 깜둥이는 안 돼. 전에도 없었고, 앞으로도 절대."

아이린은 입술이 떨리는 걸 막을 수 없었다. 그러나 다시 웃음을 터뜨리고픈 파괴적인 욕망이 끓어 가까스로 참았다. 웃음은 사라졌다. 티테이블에 마주 놓인 래커칠한 상자에서 조심스레 담배를 집어올리며, 아이린은 슬며시 클레어를 바라보았다. 클레어 특유의 속내를 알 수 없는, 어둡고 깊은 눈동자와 마주치자 한순간 아주 낯설고 외로운 어떤 피조물의 눈을 들여다보는 느낌이 들었다. 희미한 두려움이 차가운 안개의 숨결처럼 그녀의 몸을 훑고 지나갔다. 이게 무슨 말도 안 되는 상황이람, 벨루가 내미는 불에 담뱃불을 붙이며 그녀의 이성이 말했다. 다시 클레어를 바라보자 그녀는 미소 짓고 있었다. 거트루드도 분위기를 맞춰주듯 웃고 있었다.

누가 봤다면 참 편안한 티파티라고 생각했을 것이다. 모두가 미소 짓고 농담하고 유쾌하게 웃었다. 아이린이 재밌다는 듯 말했다. "그러니까 흑인을 싫어하신단 말이네요, 벨루 씨?" 그러나 그녀의 말은 생각만큼 유쾌하게 들리지 않았다.

존 벨루는 아니라는 투로 짧게 웃었다. "레드필드 부인, 그 점에서는 저를 잘못 보신 겁니다. 전혀 아니죠. 난 그들을 싫어하지 않습니다. 난 그들을 증오합니다. 닉도 마찬가지죠. 깜둥이가 되려고 저렇게 애를 쓰면서도 말이죠. 저 사람은 깜둥이 하녀조차 옆에 두려 하지 않아요. 절대로요. 내가 그러라고 한 것도 아닌데 말이죠. 난 그것들 아주 소름이 끼쳐요. 저주받을 검은 악마들 같으니라고."

농담이 아니었다. 벨루에게 알고 지냈던 흑인이 있었는지 아이린이 물었다. 그녀의 방어조의 목소리는 안절부절못하던 거트루드를 다시 놀라게 했다. 겉으로는 평온해 보였으나, 순간 클레어도 염려하는 눈치였다.

벨루가 대답했다. "그럴 리가요, 없습니다! 절대로 없죠! 대신 시꺼먼 그놈들 자신보다 그것들을 더 잘 아는 사람들을 알지요. 그리고 신문에서도 그들에 대해 읽습니다. 노상 약탈하고 사람들을 죽이고, 그리고," 그가 험악하게 덧붙였다. "그보다 더 악한 짓도 서슴지 않는 놈들."

거트루드 쪽에서 억눌린 이상한 소리가 나지막이 들려왔다. 콧방귀인지 킥킥대는 소리인지, 아이린은 구별할 수 없었다. 잠시 침묵이 흘렀고, 그녀는 타오르는 분노와 화를 참아내기에는 자신의 자제력이 부족하지 않을까 두려웠다. 문득 옆에 앉은 남자를 향해 외치고 싶은 충동이 솟구쳤다. "그리고 당신은 여기 검은 악마 셋에 둘러싸여 차를 마시고 있어."

그런 경솔함이 클레어를 위험에 빠뜨릴 수 있다고 의식하자 충동은 사라졌다. 클레어가 가볍게 책망하듯 말했다. "잭, 린이 당신이 싫어하는 온갖 것들에 대해 듣고 싶을 리 없잖아요. 거트루드도 마찬가지고요. 신문은 얘들도 읽겠죠." 그녀는 그에게 미소를 지었고, 그 미소가 그를 딴사람으로 만든 듯했다. 태양이 과일을 익히듯 성숙하고 부드럽게.

"알았어, 닉, 내 사랑. 미안해." 그가 사과했다. 그는 손을 뻗어 아내의 창백한 손을 장난스레 토닥이며 아이린을 돌아보았다. "레드필드 부인, 지루하게 할 생각은 아니었습니다. 용서해주시겠지요." 그가 순하게 말했다. "클레어 말로는 뉴욕에 사신다지요. 멋진 도시예요. 뉴욕은, 미래도시지요."

아이린의 분노는 사라지지 않았고, 어디까지나 클레어에 대한 신의와 조심성으로 버티고 있었다. 그래서 그녀는 최대한 무심한 목소리로 벨루의 말에 동의했다. 그럼에도 그녀는 시카고 사람들도 자신들의 도시에 대해 똑같은 말을 한다고 덧붙였다. 그리고 말하는 내내 자신의 목소리에 흔들림이 없고, 겉으로 평온함을 유지하는 것이 너무 놀랍게 여겨졌다. 손은 약간 떨렸다. 그녀는 떨지 않으려고 무릎 위에 놓인 손을 당겨 손끝을 그러모았다.

"남편분이 의사시라던데요, 일하는 곳은 맨해튼인가요, 아니면 다른 구역인가요?"

맨해튼이라고 아이린은 그에게 알려주었고, 브라이언이 특정 종합병원들, 개인병원들과 가까이 있어야 하는 이유를 설명했다.

"흥미롭네요, 의사의 삶이란."

"네-에, 힘들어서 그렇죠. 그리고 어떤 면에서는 단조로워요. 신경도 쓰이고."

"적어도 아내 입장에서는 꽤 신경이 쓰이겠네요? 숙녀 환자들이 좀 많은가요." 그는 철부지 소년처럼 진부한 농담을 즐기며 유쾌하게 웃었다.

아이린은 가까스로 짧은 미소를 지었으나, 목소리는 건조했다. "브라이언은 여자들에게 관심이 없어요, 특히나 아픈 여자들이라면요. 전 가끔 그가 그랬으면 할 때조차 있어요. 그의 마음을 끄는 건 남아메리카거든요."

"미래가 있는 곳이죠, 남미는. 깜둥이들만 싹 쓸어낸다면. 그 득실거리는—"

"정말이지, 잭!" 클레어의 목소리에 짜증이 묻어났다.

"진짜야, 닉. 깜빡했다고." 그가 다른 사람들에게 말했다. "보시다시피, 제가 좀 애처가입니다." 그리고 거트루드에게 물었다. "아직 시카고에 사신다고요, 성함이—음—마틴 부인?"

그는 분명 클레어의 옛 친구들에게 친절하게 대하려 애쓰고 있었다. 아이린은 다른 상황에서라면 그를 좋아했을 수도 있을 것 같았다. 적당히 준수한 외모와 호감이 가는 성격을 지닌 재력 있는 남자. 솔직하고 허튼짓을 하지 않을 사람.

거트루드가 그녀는 시카고로 충분하다고 대답했다. 이 도시를 떠나 본 적도 없고 아마 그럴 일도 없을 거라고 했다. 남편의 사업 장소가 이곳인 만큼.

"물론, 당연하죠. 사업을 접고 떠날 수야 있나요."

시카고와 뉴욕에 대한 가볍고 피상적인 이야기들, 두 도시의 차이점과 최근의 주목할 만한 변화들에 관한 대화가 이어졌다.

아이린은 네 사람이 속으로는 분노와 치욕, 모욕감으로 들끓으면서도 겉으로는 그토록 차분하고, 그토록 다정하게 앉아 있을 수 있다는 사실이 믿을 수 없이 놀라웠다. 그러나 아니, 돌이켜보니 그녀의 생각을 수정해야 했다. 존 벨루는 거의 확실히, 속이든 겉이든 거리낌이 없었다. 어쩌면 거트루드 마틴도 그럴지 몰랐다. 적어도 그녀는 클레어 켄드리가 느낄 것이 분명한 치욕과 수치심이나 아이린이 억누르고 있는 만큼의 분노와 저항감은 느끼지 않았다.

"차 더 할래, 린?" 클레어가 권했다.

"고맙지만 사양할게. 그리고 난 가봐야겠다. 나 내일 떠나는 거 알지, 아직 짐도 더 싸야 하고."

그녀가 일어났다. 거트루드도, 클레어도 그리고 존 벨루도 일어났다.

"어떻게, 드레이튼은 맘에 들던가요, 레드필드 부인?" 존 벨루가 물었다.

"드레이튼이요? 아, 아주 좋았어요. 정말로요." 아이린이 빈정거리듯 클레어의 무표정한 얼굴을 바라보며 대답했다.

"좋은 곳이죠, 정말. 저도 한두 번 묵어봤습니다." 남자가 말했다.

"네, 좋죠." 아이린이 동의했다. "거의 뉴욕 최상급 정도예요." 그녀는 클레어에게서 시선을 돌리고, 가방 안을 주섬거리며 뭔가를 찾는 척했다. 내막을 이해할수록 연민과 경멸도 빠른 속도로 깊어졌다. 클레어는 그토록 대담하고, 그토록 사랑스럽고, 그토록 '내 것으로 만들려' 했다.

아이린과 거트루드는 나지막이 인사하며 클레어에게 손을 내밀었다. "만나서 너무 반가웠어." …… "곧 다시 만나게 되길 바라."

"잘 가." 클레어가 대답했다. "와줘서 고마워, 린. 그리고 너도, 거트루드."

"안녕히 계세요, 벨루 씨." …… "만나서 반가웠습니다." 그렇게 말한 것은 거트루드였다. 아이린은 그럴 수 없었다. 예의상의 거짓말이나 그와 비슷한 어떤 말도 결코 할 수 없었다.

그는 복도까지 나와 엘리베이터를 호출했다.

"안녕히 계세요." 엘리베이터에 오르며 그들이 다시 말했다.

지상으로 내려가며 둘은 침묵했다.

로비를 빠져나올 때도 말이 없었다.

그러나 거리로 나오자마자, 거트루드는 지난 몇 시간 동안 참았던 것을 토해내듯 버럭 소리를 질렀다. "세상에! 무서워서 어떻게 살아! 걔 미쳤나봐."

"그래, 정말 위태로워 보이더라." 아이린이 동의했다.

"위태롭다고! 그게 위태로운 정도니! 맙소사! 말도 안 돼! 대체 무슨 끔찍한 일을 당하려고!"

"사실, 난 그애가 상당히 안전한 것 같아. 그들이 여기 사는 건 아니잖아. 아이도 있고. 그게 일종의 안전장치 아니겠니."

"그래도 무섭기는 마찬가지지." 거트루드가 주장했다. "나 같으면 프레드를 속이고서는 결혼하지 못했을 거야. 무슨 일이 터질 줄 알고."

"그래, 나도 사실을 말하는 편이 더 안전하다는 데는 동의해. 하지만, 그랬다면 벨루는 그애와 결혼하지 않았겠지. 하지만 결국, 그애가 원했던 건 그거였잖아."

거트루드가 고개를 설레설레 저었다. "그가 알아내기라도 한다면, 돈이 얼마나 생기든 난 그애 입장이 되고 싶지는 않아. 그런 식으로 생각하는 사람인데! 맙소사! 끔찍하지 않았니? 잠깐이지만 너무 화가 나서 그 남자를 칠 뻔했다니까."

아이린은 그랬다고, 정말 몹시 불편하고 참기 힘든 자리였다고 수긍했다. "나도 진짜 화가 나더라."

"그리고 생각해봐, 클레어는 남편이 그런 생각을 가진 사람이라고 우리한테 사전에 말 한마디 없었어! 무슨 일이든 일어날 수 있는 거잖아. 우리가 말실수를 할 수도 있는 거고."

그게 바로 클레어 켄드리지, 아이린이 지적했다. 위험을 무릅쓰고, 타인의 감정 따위는 전혀 고려하지 않기.

거트루드가 말했다. "어쩌면 그애는 우리가 재밌는 농담으로 여기려니 생각했나봐. 넌 그런 것 같더라. 그렇게 웃던 걸 보면. 하느님 맙소사! 난 그가 눈치챌까봐 무서워서 죽는 줄 알았어."

"그래, 일종의 농담이었지." 아이린이 말했다. "그와 우리에게, 어쩌면 그애한테도."

"어쨌든 무시무시한 모험이야. 나 같으면 그렇게는 못 살아."

"그애는 충분히 만족스러운 것 같던데. 원하던 걸 가졌고, 지난번에 나한테 그럴 만한 가치가 있다고 그러더라."

그러나 거트루드는 미심쩍어했다. "생각이 달라질 거야." 그녀의 판단이었다. "반드시 생각이 달라질 거야."

비가 내리기 시작했고, 드문드문 굵은 빗방울이 떨어졌다.

일과를 마친 군중이 전차와 고가도로 쪽으로 분주히 몰려왔다.

아이린이 말했다. "넌 남쪽으로 갈 거지? 아쉽네, 난 아직 볼일이 있어서. 괜찮다면, 여기서 헤어져야 할 것 같아. 만나서 반가웠어, 거트루드. 프레드에게 안부 전해줘. 그리고 아직 날 기억하신다면 너희 어머니에게도. 잘 가."

그녀는 동행으로부터 벗어나 혼자 있고 싶었다. 여전히 속상하고 화가 났으므로.

클레어 켄드리는 무슨 권리로, 그녀는 물론 거트루드 마틴에게까지 그런 식의 굴욕을, 그런 명백한 모욕을 안겼을까, 그녀는 계속 자신에게 묻고 있었다.

본가로 달리는 열차 안에서, 아이린은 줄곧 그녀가 작별인사를 했을 때 클레어의 얼굴에 떠오른 표정을 이해해보려 애썼다. 그것은 조롱처럼 보이기도 했고 위협처럼 보이기도 했다. 그리고 말로 표현할 수 없는 뭔가가 더 있었다. 그날 오후 클레어의 눈을 들여다보았을 때 느낀 두려운 감정이 잠깐 다시 스쳐갔다. 가벼운 오한이 왔다.

"아무것도 아니야." 그녀가 혼잣말을 했다. "아이들 말마따나 그냥 소름 좀 돋는 걸 가지고 유난 떨 것 없어." 그녀는 살짝 웃어보려 했으나 울음에 가깝다는 것을 알고 당황했다.

그 끔찍한 벨루가 자신을 이렇게 휘젓도록 그냥 두었다니!

그리고 그날 밤늦게, 마지막 손님까지 돌아가고 정든 집이 조용해진 후에 그녀는 창가에 서서 이마를 찌푸린 채 어둠 속에 내리는 비를 바라보며 다시 클레어의 믿을 수 없이 아름다운 얼굴에 떠올랐던 표정에 대해 궁리해보았다. 그러나 아무리 애를 써봐도 그 표정이 무슨 의미인지 결론을 내리지 못했다. 그것은 그녀의 경험과 이해력을 철저히 넘어서는 일이었다.

마침내 그녀는 더 깊이 찌푸린 얼굴로 창가에서 돌아섰다. 왜, 어쩌자고, 내가 클레어 켄드리를 걱정하고 있지? 항상 그랬듯이, 혼자서도 잘 헤쳐갈 텐데. 게다가 아이린에게는 더 개인적이고 더 중요한 걱정거리들이 있었다.

그 외에도 그녀의 이성은 말했다. 그 불편한 오후에 대한, 그로 인한 두려움과 의문들에 대한 비난은 전적으로 자신의 몫이라고. 그녀는 결코 가지 말았어야 했다.

4

그녀가 뉴욕으로 출발하는 다음날 아침에 편지 한 통이 도착했다. 클레어 켄드리로부터 온 편지임은 첫눈에 직감으로 알 수 있었다. 전에도 그녀로부터 편지를 받은 일이 있었는지는 잘 기억나지 않았지만. 편지를 뜯어 서명을 보니 그녀의 짐작이 옳았다. 그녀는 편지를 읽지 않겠다고 혼잣말을 했다. 시간이 없었다. 게다가, 전날 오후를 떠올리고 싶지 않았다. 사실 여행을 떠나는 기분이 그리 산뜻하지 못했다. 그녀는 불쾌한 밤을 보냈다. 그리고 그건 전적으로, 타인의 감정에 대해 천성적으로 배려심이 부족한 클레어 때문이었다.

그러나 그녀는 편지를 읽었다. 손을 흔들어 작별인사를 보내는 아버지와 친구들을 뒤로하고 동부로 달리는 기차에 몸을 실은 채, 그녀는 클레어가 전날에 대해 뭐라고 썼을지 억누를 수 없는 호기심에 사로잡혔다. 핸드백에서 편지 봉투를 꺼내서 열며 그녀는 물었다. 그런 일에 대해 대체 클레어는, 다른 사람들은 무슨 말을 할 수 있을까?

클레어 켄드리의 말은 이랬다.

사랑하는 린,

네가 와준 걸 어떻게 감사해야 할까? 나는 네가, 그런 상황이라면 너를 오라고 하지 말았어야 한다고, 적어도 오라고 고집을 부리지는 말았어야 한다고 느끼리란 걸 알아. 하지만 내가 너를 만나 얼마나 기뻤는지, 얼마나 신나고 행복했는지, 얼마나 사무치게 (모두 다 보고 싶지만 그럴 수 없었으니) 너희들을 더 만나고 싶은지 네가 안다면, 너를 다시 만나고 싶은 내 마음을 이해하고, 나를 조금은 용서해 주겠지.

언제까지나 너에게 내 사랑을, 그리고 너의 사랑하는 아버지에게도 내 모든 누추한 감사를 전하며.

클레어.

덧붙이는 말이 있었다.

사랑하는 린, 결국 너의 길이 더 현명하고 궁극적으로 행복한 길일 수도 있겠지. 그럴 수도 있어. 난 지금으로서는 잘 모르겠어. 적어도 내가 한때 그랬던 만큼은 확신이 없어.

C.

하지만 편지는 아이린을 달래주지 못했다. 클레어가 입에 발린 말들로 그녀의 현명함을 추켜세워도 분노가 줄어들지는 않았다. 그녀는 화가 치밀어 생각했다. 자신이 어제 오후에 클레어 켄드리를 위해 견뎌야 했던 굴욕을, 혹은 그 일부나마 지울 수 있으리라는 것인가.

그녀는 그 기분 나쁜 편지를 차근차근 꼼꼼하게 작은 네모 쪼가리로 찢었고 그것들은 그녀가 입은 검은 크레프드신 원피스의 무릎 위로 떨어져 쌓였다. 갈가리 찢긴 종잇조각을 주워들고 그녀는 기차의 마지막 칸으로 갔다. 거기 서서 난간 너머로 그것들을 털어버린 다음 레일 위로, 석탄재 위로, 마른 풀 위로, 더러운 도랑물 위로 날아가는 모습을 지켜보았다.

이걸로 됐어, 그녀는 혼잣말을 했다. 그녀가 클레어 켄드리를 다시 볼 확률은 백만분의 일이었다. 혹시나 그 백만분의 일의 기회가 찾아온다 해도, 외면하고 모른 척하면 그만이었다.

그녀는 마음속에서 클레어를 털어내고 그녀 자신의 일들을 생각했다. 집, 아이들, 브라이언. 꽤나 시끌벅적한 아침 기차역에서 그녀를 기다리고 있을 브라이언. 그녀는 그가 그녀와 아이들 없이도 외롭지 않게 잘 지냈기를 바랐다. 외로움에 또다시 그 해묵은 이상하고 불행한 초조함에 시달리지 않았기를. 그녀는 결혼 초기에 낯선 타지를 향한 브라이언의 갈망을 가라앉히느라 그토록 힘들게 애써야만 했다. 이제는 점점 더 드문 간격으로 찾아오긴 했으나, 지금도 여전히 그녀를 조금은 불안하게 만들었다.

2부

재회

1

시월의 햇빛이 가득 쏟아져들어오는 방에 앉아, 클레어 켄드리의 두 번째 편지를 손에 쥐고 아이린 레드필드가 떠올린 기억들은 이랬다.

편지를 한편으로 밀어두며, 그녀는 놀라움과 약간의 흥미로움을 느끼면서 자신의 내면을 휘젓는 격렬한 감정을 주시했다.

그녀가 느끼는 놀라움과 흥미는 크나큰 분노 때문이 아니었다. 존 벨루나 클레어를 만나지도 어떤 소식도 듣지 못한 채 흘러간 지난 이 년이라는 시간 동안, 그 분노가 지속되어왔으며 여전히 줄지 않고 강렬하다는 사실은 정당하고 납득할 만한 일이었다. 이렇게 제법 시간이 흐른 지금까지도 그 남자의 말이나 행동을 생각하면 손이 떨리고 관자놀이에 피가 솟구치는 것 역시 그녀가 보기에는 유별난 일이 아니었다. 그러나 그 막막한 두려움, 공포를 그녀가 간직하고 있었다는 사실은 놀랍고 어처구니없었다.

클레어가 그녀에게 편지를 써서, 여러 사정을 고려한 후에도 그녀를 다시 만나고자 한다는 사실은 그다지 놀라울 게 없었다. 다른 사람의 분노나 괴로움, 또는 고통 따위는 아랑곳하지 않기, 그게 바로 클레어였다.

그러니까—아이린은 어깨를 으쓱했다—한 가지는 분명했다. 그녀는 '그 당시 시카고에서'처럼 클레어를 위해, 그토록 짜증스럽고 치가 떨리는 모욕을 다시 당할 뜻도 없었고, 그럴 필요도 없었다. 한 번으로 충분했다.

선택의 시점에 클레어가 자신이 치러야만 할 대가를 제대로 알지 못했다 해도, 이제 와서 다른 사람들이 그 빚을 청산해주리라 기대할 권리는 없었다. 클레어의 문제는 자기 케이크를 차지하고 먹겠다는 것을 넘어, 다른 사람들의 케이크에까지 손을 댄다는 데 있었다.

아이린 레드필드는 '내 사람들'을 향한 클레어의 그 새로운 애정과 공공연한 그리움에 공감하기 힘들었다.

방금 손에서 내려놓은 편지는 그녀의 취향으로는 말이 지나치게 헤프고, 감정 표현에도 조심성이 없었다. 그녀는 다시 예전처럼 클레어가 연극을 하는 것은 아닌지 의심스러웠다. 어쩌면 본인은 의식하지 않더라도—그러니까 크게 의식하지는 않더라도—연극은 연극이었다. 아이린은 자신이 이름 붙인 클레어의 노골적인 이기심도 용서해줄 마음이 없었다.

그리고 그녀의 분노와 의구심에는 또다른 감정, 다른 질문이 섞여 있었다. 왜 자신은 그날 얘기하지 않았을까? 벨루의 맹목적인 증오와 혐오 앞에서 왜 자신의 혈통을 숨겼을까? 그가 자기주장을 펼치고 그릇된 생각을 맘껏 떠들도록 왜 내버려두었나? 어째서 자신을 그런 고통에 방치한 클레어 켄드리 한 사람 때문에 자신의 인종을 방어할 기회를 놓쳤을까?

아이린은 이런 질문들을 던지며 통감했다. 그러나 그것들은 그녀도 잘 알듯 수사修辭에 불과했다. 그녀는 모든 대답을 알고 있었고, 대답은 언제나 같았다. 기막힌 노릇이었다! 그녀는 클레어를 배신할 수 없었고, 모욕당한 사람들을 대변하듯 보이는 위험마저 감수할 수 없었다. 그들을 대변함으로써 결국 클레어의 비밀을 폭로할 수 있다는 두려움 때문이었다. 그녀는 클레어를 보호할 의무가 있었다. 그녀는 클레어가 버렸으나 완전히 끊어내지 못한, 그 인종이라는 끈에 묶여 있었다.

그리고 아이린은 클레어가 인종이든 뭐든 전혀 신경쓰지 않는다는 것을 알고 있었다. 그랬다. 클레어는 그녀가 속한 인종의 누구에게든 크고 진실한 애정이 없었다. 비록 어린 시절 웨스트오버 가족이 그녀에게 베푼 작은 친절에 끊임없이 감사를 표하기는 했어도 아이린은 그녀의 진심을 의심했다. 클레어와 연관되면 자신은 목적을 위한 도구일 뿐이었다. 클레어는 다른 인종의 일부가 자기들 인종에 대해 보여준 약간의 예술적 혹은 사회적 관심조차도 가져본 적이 없었다. 그녀는 아니었다. 클레어 켄드리는 자기 인종에 대해 전혀 관심이 없었다. 그녀는 단지 거기 속할 뿐이었다.

"그런 빌어먹을 짓은 다시 안 해!" 아이린은 창백한 베이지색 발에 얇은 스타킹을 신으며 크게 외쳤다.

"아하! 입버릇이 고약하시군요, 부인? 이번에는 딱 걸리셨네요."

브라이언 레드필드가 소리 없이 방안으로 들어왔다. 수년을 함께 살아왔음에도 그는 여전히 이런 식으로 아이린을 당황시키곤 했다. 그는 조금 건방져 보이지만 어쩐지 그에게는 잘 어울리는, 재미있다는 미소를 지으며 서서 그녀를 내려다보았다.

아이린은 서둘러 다른 쪽 스타킹을 신고 의자 옆에 놓여 있던 실내화를 신었다.

"이렇게 불경한 폭언을 퍼붓는 이유가 뭘까? 너그럽게 봐드리겠지만 불안하기도 한 남편으로서 질문해도 된다면 말이지. 내 아들들의 어머니이기도 하니까! 아, 참 험한 세상이야!"

"이런 편지를 받았어." 아이린이 말했다. "이걸 보면 누구든 성자라도 욕을 퍼부을 거라고 인정할걸. 뻔뻔하기도 하지!"

그녀는 남편에게 편지를 내밀었고, 이렇게 한 것에 대해 내심 살짝 언짢았다. 엄밀히 따지자면, 자신이 그것으로 그의 질문에 대한 답을 대신했기 때문이었다. 그가 편지에 정신이 팔린 사이에, 아이린은 서둘러 옷을 입을 것이었다. 왜냐하면 그녀는 또 지각이었고, 브라이언은 그녀도 잘 알듯 늦는 걸 몹시도 싫어했다. 왜, 어째서 그녀는 늘 시간을 정확히 지키지 못할까? 브라이언은 일찌감치 일어나 아들들을 시내의 학교로 데려다줄 뿐 아니라 지인들 모두에게 전화까지 했다. 그런데 그녀는 여전히 옷도 안 입은 채 이제야 준비를 시작한 것이다. 염병할 클레어! 오늘 아침은 그녀 탓이었다.

브라이언은 자리에 앉아 클레어가 휘갈겨쓴 글씨를 해독하느라 눈썹을 조금 치켜뜨고 편지 위로 고개를 기울였다.

아이린은 거울 앞으로 가서 검은 머리를 고루 빗고 세팅한 컬이 약간 흐트러지도록 특유의 동작으로 가볍게 머리를 흔들었다. 그리고 따뜻한 올리브색 피부에 파우더를 바른 다음 급히 드레스를 입는데, 서둘다보니 제대로 입기 힘들어 애를 먹었다. 마침내 준비가 끝났지만, 그녀는 바로 알리지 않았다. 대신 자리에 서서 호기심어린 눈으로 방 저편의 남편을 바라보았다.

브라이언이 아주 잘생겼다고, 그녀는 생각했다. 물론 귀엽다든가, 섬세하게 잘생긴 건 아니었다. 약간 굴곡진 코 때문에 귀엽게 보이지는 않았고, 다부진 턱선은 섬세함과는 거리가 있었다. 그러나 기분좋게 남성적인 매력이 있었다. 그렇다 해도, 절묘하게 고운 결과 진한 구릿빛을 띤 귀티 흐르는 아름다운 피부가 아니었다면 그저 평범하게 잘생긴 정도에 그쳤을 것이다.

그가 고개를 들고 말했다. "클레어? 지난번에 시카고의 부모님 댁에 갔을 때 만났다는 그 여자 아닌가. 차를 같이 마셨다는 그 사람?"

아이린은 그 질문에 고개를 끄덕여 대답했다.

"준비 끝났어." 그녀가 말했다.

그들은 아래층으로 내려갔다. 브라이언은 층계참 바로 아래 있는 두 개의 짧은 나선형 계단을 지날 때 능숙하게, 굳이 그럴 필요가 없는데도 그녀를 리드했다.

"당신 그 여자를 만나려는 건 아니겠지?" 그가 물었다.

그의 말이 사실상 질문이라기보다 경고에 가깝다는 걸 아이린은 알아차렸다.

그녀는 앞니를 지그시 물었다. 잇새로 흘러나오는 그녀의 말투에는 약간의 빈정거림이 묻어 있었다. "브라이언, 나도 그 정도 바보는 아니야. 어떤 남자가 처음 본 자리에서 날 깜둥이라고 불렀다면 그건 그 사람 잘못이지만, 그에게 다시 기회를 준다면 그건 내 잘못이라는 것 정도는 나도 알아."

그들은 다이닝룸으로 들어갔다. 그가 그녀에게 의자를 빼주었고, 앞에는 배가 불룩한 독일제 커피포트가 놓여 있었다. 모닝커피 향이 흘러나와 멀리서 풍겨오는 바삭한 토스트, 그리고 고소한 베이컨 냄새와 어우러졌다. 브라이언이 길고, 예민해 보이는 손가락으로 조간신문을 집은 다음 자리에 앉았다.

마호가니색 피부에 체구가 작은 줄리나가 그레이프프루트를 들고 왔다.

그들은 스푼을 들었다.

브라이언이 침묵을 깨고, 붙임성 있게 말했다. "여보, 당신이 날 완전히 오해하고 있어. 내 말은 그 여자가 당신을 성가시게 굴도록 놔두지 말라는 거였지. 그게, 그 여자가 당신이 묘사한 그런 사람이라면 여하튼 당신이 조금만 여지를 줘도 그렇게 한다고, 알겠어? 그 밖에도," 그가 정정했다. "그 남편이란 사람이 당신을 깜둥이라고 부르지는 않은 거니까. 그건 좀 차이가 있는 거 아닌가?"

"맞아, 분명히 그러진 않았지. 그건 아니야. 제대로 몰랐으니까 그럴 수가 없었지. 알았다면 그랬겠지. 결과는 같아. 여하튼 불쾌하기는 마찬가지고."

"으-음, 난 잘 모르겠군. 하지만 내가 보기엔," 그가 강조했다. "여보, 당신이 훨씬 유리했다는 거야. 당신은 당신에 대한 그의 의견을 알고 있었던 반면에 그는, 그게 늘 그렇잖아. 우리는 언제나 알고 있는 사실이지만, 그들은 아니야. 미흡하지. 당신도 동의하게 될 거야. 거긴 좀 재밌는 면이 있고, 이따금 유용한 면도 있다는 걸."

그녀는 커피를 따랐다.

"난 그렇게 볼 수 없어. 클레어에게 답장을 쓸게. 틈이 나면 오늘 안에. 우린 이 문제를 깨끗이 매듭지어야 해, 그것도 당장. 웃기지 않아? 남편의 저급한 태도를 알면서도 그애는 여전히—"

브라이언이 말을 끊었다. "그건 항상 그렇지. 예외가 없어. 앨버트 해먼드를 생각해봐. 그가 7번 애비뉴와 레녹스 애비뉴,* 그리고 댄스장들을 얼마나 누비고 다녔는지를. 그러다가 결국 어떤 '샤인'이 자신의 '시바'를 곁눈질했다는 이유만으로 총을 쏘았잖아.** 그들은 언제나 돌아와. 난 그런 일이 일어나는 걸 보고 또 봤어."

"하지만 왜?" 아이린은 알고 싶었다. "어째서?"

"내가 그걸 알면, 인종이 뭔지도 알겠어."

"그런 위험을 감수하고 그들이 원하는 것, 혹은 원했던 것들을 손에 넣었으면 만족하고 살아야 하는 거 아니야? 두려워서라도 말이야."

"그렇지." 브라이언이 동의했다. "당연히 그렇게 생각할 수 있지. 하지만 실제로는 그렇지 못해. 만족하지 못한다고, 내 말은. 나는 그들이 충동을 못 이겨 돌아오려 할 때면 언제나 두려워한다고 생각해. 그런

---

* 뉴욕 맨해튼의 할렘을 통과하는 주요 도로들. 1920년대에 지하철역들을 따라 극장, 문화·유흥 시설이 밀집해 할렘의 중심부 역할을 했다.

** '샤인'은 윤이 나는 검은 피부를 빗대어 흑인 남자를 지칭하는 속어. 경제적으로 궁핍한 흑인들이 구두닦이 일을 하는 경우가 잦아 '블랙 슈 샤인 보이'를 줄여 폄하하는 의미로 쓰이기도 했다. '시바'는 「열왕기상」 10장에 나오는 시바여왕에서 파생된, 흑인 여자를 지칭하는 속어.

데 또 그걸 멈출 만큼 두렵지는 않은 거야. 왜 그런지는, 신만이 아시겠지."

아이린은 상체를 앞으로 기울이고 말했다. 그녀는 자신이 전적으로 쓸데없이 열을 올리고 있으며 스스로 통제할 수 없다는 것을 깨달았다.

"그러니까, 클레어는 나를 거기서 빼줘야 할 거야. 난 그애와 그애의 더 가난하고 더 검은 피부의 형제들을 잇는 고리가 되어줄 마음은 없어. 그것도 시카고에서 그런 일이 있은 다음에는! 조용히 날 기다리겠다니—" 그녀는 잠시 말을 멈췄다. 갑자기 너무 화가 나서 말이 떠오르지 않았다.

"그렇고말고. 그게 유일하게 옳은 처신이지. 기다리라고 해. 건전한 일이 아니야, 그 모든 것들이. 늘 그래."

아이린이 고개를 끄덕였다. "커피 더 마실래?" 그녀가 물었다.

"고맙지만, 됐어." 그가 다시 스르륵 소리를 내며 신문을 펼쳐 들었다.

줄리나가 토스트를 더 가져왔다. 브라이언이 한 조각을 들어 아이린이 질색하는 와사삭 소리를 내며 베어 물고는 다시 신문을 보았다.

그녀가 말했다. "'패싱'이란 게 좀 묘하긴 해. 우린 그걸 비난하면서도 용납하잖아. 경멸하면서도 부러워하기도 하고. 극도로 혐오하고 멀리하면서도, 눈감아주고."

"생존과 번식을 위한 종족의 본능이지."

"당치 않아! 모든 걸 일반적인 생물학 용어로 설명할 수는 없어!"

"확실히 모든 걸 다 설명할 수 있어. 세상 곳곳에 제 새끼들을 떨구고 다니는, 소위 백인이라는 작자들을 좀 봐. 그들도 마찬가지야. 생존과 번식을 위한 종족의 본능이라니까."

아이린의 생각은 전혀 달랐다. 그러나 그녀는 과거의 논쟁들을 통해, 그가 그녀보다 잘 아는 일들에 대해 브라이언과 다투는 것이 얼마나 부질없는 짓인지를 잘 알고 있었다. 그녀는 그의 신빙성 없는 주장을 무시하고, 화제를 돌렸다.

"저기," 그녀가 물었다 "혹시 시간 되면 인쇄소까지 태워다줄 수 있어? 116번가야. 댄스파티 전단지와 티켓을 좀 봐둬야 해서."

"그럼, 물론이지. 어떻게 되어가? 준비는 끝났나?"

"으-응. 그런 것 같아. 특등석은 매진됐고, 예매 좌석도 거의 나갔어. 우리 생각엔 당일에 입구에서 또 그만큼 팔리지 않을까 싶어. 케이크도 다 팔아야 하는데. 어쨌든 일이 끔찍하게 많아."

"그렇겠네. 우리 형제들의 기분을 북돋는 게 쉬운 일은 아니지. 나도 벼룩 끓는 고양이만큼 바빠." 그리고 그의 얼굴에 그림자가 드리워졌다. "맙소사! 아픈 사람들, 그리고 그들의 머리 나쁘고 참견하기 좋아하는 가족들이라면 정말 진저리나, 냄새나는 더러운 방들과 어두운 복도의 지저분한 계단을 올라가는 건 또 어떻고."

"그렇겠지." 아이린이 두려움과 분노를 억누르며 말했다. "그렇겠지—"

남편이 그녀의 말을 막으며 날카롭게 말했다. "제발 그 얘기는 그만두자고." 그리고 곧이어 평소처럼 약간 빈정대는 투로 물었다. "당신 이제 준비 끝난 거야? 기다릴 시간이 철철 넘치지는 않아서 말이야."

그가 일어났다. 그녀는 대답 없이 그의 뒤를 따라 복도로 갔다. 그는 작은 테이블에서 부드러운 갈색 모자를 들어 우려낸 차 빛깔의 긴 손가락 위에 놓고 빙그르 돌리며 잠시 서 있었다.

아이린은 그를 바라보며 생각했다. '이건 불공평해. 이건 불공평해.' 그 오랜 세월을 보내고도 여전히 이렇게 그녀를 원망하다니. 다름 아닌 여기 뉴욕에서, 전문직을 고수하자는 그녀의 주장이 옳았음을 그의 성공이 증명하지 않았나? 그것이 최선책이었음을 그는 아직도 모른단 말인가? 절대, 그녀를 위해서가 아니었다. 그녀를 위해서가 아니라—그녀는 결코 자신을 고려하지 않았다—그와 아들들을 위해서였다. 그런데도 언제나, 마음속 깊은 곳에 웅크린 그 두려움에서 그녀는 영영 벗어날 수 없단 말인가? 그 두려움은 그녀가 가족 모두를 위해 마련한 훌륭한 기반, 너무도 간절히 그 상태가 유지되기를 원하는 삶으로부터 안정감과 영속성을 앗아가곤 했다. 브라질로 가겠다는 브라이언의 그 이상하고, 그녀가 보기엔 허황된 생각은 입 밖으로 나오지 않아도 여전히 그의 안에 살아 있었다. 그것이 얼마나 그녀를 두렵게 했는지, 그리고—그래, 그녀를 분노케 했는지!

"그럼?" 그가 가볍게 물었다.

"물건만 좀 챙겨올게. 잠시만." 그렇게 약속하고 그녀는 계단을 올라갔다.

그녀의 목소리는 물론 걸음까지도 차분했다. 그러나 속으로는 브라이언의 불평이 일으킨 불안과 걱정이 가라앉지 않았다. 오래전 격정과 중압감에 시달리던 시절, 서로를 증오하며 파멸에 이르도록 싸우던 그때 이후로 그는 더이상 자신의 욕망에 대해 말하지 않았다. 그 당시 그녀는 완강하게 맞섰고, 그것이 절대 불가능하다는 것과 그녀와 두 아들에게 닥칠 수 있는 결과들을 논리적으로 지적했으며, 심지어 그가 자기

의견을 고집할 경우에는 이혼도 불사할 것임을 암시했었다. 그랬다. 그때 이후로 함께 살아오는 동안 더이상의 말다툼이나 위협이 없던 것처럼 그 문제도 다시 언급되지 않았다. 그러나 그녀의 주장처럼 그들 사이의 영혼과 육체의 결합은 너무도 공고하기에, 자신의 직업과 이 나라에 대한 그의 혐오와 저항감이 지속되었듯 불만 역시 지속되었음을 그녀는 알았으며, 항상 알고 있었다.

그녀는 자신이 남편의 성격을 잘못 판단했을 수도 있다는 상상 못할 의구심이 들며 불안에 휩싸였다. 그러나 그런 의심에서 가까스로 빠져나왔다. 불가능해! 그녀가 틀렸을 리 없었다. 모든 것이 그녀가 옳았음을 증명했다. 아니, 그 이상이었다. 그런 것이 가능하기나 하다면. 그리고 모든 것은 그녀가 그를 너무도 잘 이해했고, 실제로 그를 이해하는 특별한 재능을 가졌기 때문이라고 스스로에게 단언했다. 그녀가 보기에 그것은 실패에 이를 뻔했던 결혼을 성공으로 이끈 토대였다. 그녀는 그가 스스로를 이해하는 것만큼, 아니 그보다 더 그를 잘 알았다.

그렇다면 무슨 걱정인가? 말로 터진 불만은 분명 누그러들어 결국 사라질 것이다. 사실, 그녀는 과거에 자주 그의 불만이 사라졌다고 믿고 싶은 유혹을 느꼈었다. 그러나 그럴수록 뭔가 본능적이고 교묘한 방법으로 한동안 스스로를 기만할 뿐이며 그의 불만이 여전히 살아 있음을 의식하곤 했다. 하지만 그것은 사라질 것이다. 그녀는 확신했다. 자신은 그저 방향을 정하고, 계속 올바른 방향으로 가도록 남편을 안내하면 되었다.

그녀는 외투를 입고 모자를 바로 썼다.

그래, 불만은 사라질 것이다, 오래전에 그녀가 마음먹은 대로. 그러나 그때까지는, 그것이 아직 살아서 갑자기 타올라 그녀를 놀라게 할 만한 힘을 가졌다면 가두고 억누를 필요가 있었다. 그리고 뭔가 대안이 있어야 했다. 당장 어떤 계획, 어떤 결단을 내려야 했다. 그녀는 짜증이 치솟아 이마를 찌푸렸다. 왜냐하면, 일시적이라 해도 중요하고 골치 아픈 일이 될 수도 있었으니까. 아이린은 변화를, 특히나 가정의 순조로운 일상에 영향을 끼치는 변화들을 싫어했다. 그래, 어쩔 수 없었다. 뭔가 조치를 취해야 할 것이다. 그것도 당장.

그녀는 지갑을 들고 장갑을 끼며 계단을 뛰어내려와, 브라이언이 그녀를 위해 열고 기다리던 문을 지나 대기하던 차에 올랐다.

"있잖아," 그녀가 남편의 옆자리에 앉아 자세를 가다듬으며 말했다. "지금 당신과 이렇게 단둘이 있는 시간이 너무 좋아. 우린 항상 너무 바쁜 것 같아. 난 그게 싫지만, 어쩌겠어? 아주 오래전부터 염두에 둬온 일이 있는데, 당신과 얘기도 나누고 정말 진지하게 고려해볼 필요가 있을 것 같아."

브라이언이 능숙한 솜씨로 연석에서 교통량이 많지 않은 도로로 차를 몰고 들어갈 때 자동차 엔진에서 부르릉 소리가 났다.

그녀는 그의 옆얼굴을 찬찬히 들여다보았다.

그들은 7번 애비뉴로 갔다. 그가 말했다. "그럼, 얘기해보자고. 중대한 일을 논의하기에 지금만한 시간이 있나."

"주니어 말이야. 학교에서 진도가 너무 빠른 것 같지 않아? 우린 그 애가 아직 열한 살도 안 된 걸 가끔 깜빡하는 것 같아. 그건 분명히 아이한테 좋을 게 없어. 그러니까, 내 말은 그애가 너무 앞서간다면 말이지. 물론 당신이 나보다 이런 일에 대해 잘 알겠지만. 당신이 더 잘 판단할 수 있어. 그게, 당신이 눈치를 챘다든가 생각해본 적이 있다면."

"난 말이지 아이린, 당신이 언제나 그렇게 애들 때문에 조바심치지 않았으면 좋겠어. 애들은 문제없어. 완전히 정상이라고. 착하고, 강하고, 건강한 사내애들이야. 특히 주니어는. 누구보다 특히 주니어가."

"으-음, 아마도 당신 말이 맞겠지. 그런 문제라면 당신이 잘 알 거고, 당신 자식이 잘못되길 바라지는 않을 테니까." (지금 그녀는 왜 이런 말을 했을까?) "하지만 그게 다가 아니야. 난 그애가 위 또래 애들한테서 어떤 것들, 특정한 어떤 것들에 대해 이상야릇한 생각들을 듣게 될까 겁이 나."

그녀는 의식적으로 가볍게 행동했다. 복잡한 차량 흐름에 주의를 기울이는 듯 보였지만, 여전히 그녀는 브라이언의 얼굴을 자세히 살피고 있었다. 그의 얼굴에 묘한 표정이 떠올랐다. 뭐였지, 경멸과 반감이 뒤섞인 그 표정은?

"이상야릇한 생각?" 그가 되물었다. "섹스에 대해서 말하는 거야, 아이린?"

"으-응. 그다지 바람직하지 않은 거. 끔찍한 농담 같은 것들."

"아, 알겠군." 그가 짧게 응수했다. 둘 사이에 한동안 침묵이 흘렀다. 잠시 후 그가 무뚝뚝하게 말했다. "그게 뭐 어떻다는 거지? 섹스가 농담이 아니라면 뭘까? 농담은 또 뭐고?"

"브라이언, 좋을 대로 생각해. 하지만 당신 아들이잖아." 그녀의 목소리는 분명하고, 조용하고, 못마땅하게 들렸다.

"그렇지! 그런데 당신이 지금 애를 응석받이로 만들고 있잖아. 음, 당신한테 말해두겠는데, 난 그렇게 되길 원치 않아. 아이가 필요한 걸 좀

배운다고 해서 당신이 그애를 고급유치원 같은 학교에 보내는 꼴은 못 봐. 싫다고! 그애는 지금 다니는 학교에 계속 다닐 거야. 섹스에 대해서는 더 빨리, 더 많이 배울수록 좋아. 그리고 무엇보다 확실히 섹스야말로 가장 멋진 농담이라는 걸, 세상에서 가장 위대한 농담이라는 걸 알게 된다면 더없이 좋지. 그것이 훗날 숱한 좌절로부터 그애를 지켜줄 거야."

아이린은 대답하지 않았다.

그들은 인쇄소에 도착했다. 그녀는 차에서 내리며 감정을 실어 자동차 문을 쾅 닫고 돌아섰다. 마음이 찢어질 듯 고통스러웠다. 이런 식으로 행동할 작정은 아니었지만, 그의 태도에 대한 심한 분노, 고의적인 오해와 비난을 받고 있다는 느낌에 그녀는 격분했다.

인쇄소 안에서 그녀는 입술의 경련을 잠재우고 치미는 화를 가라앉혔다. 볼일을 마친 뒤에는 뉘우치는 기분으로 차로 돌아왔다. 그러나 브라이언의 완고한 침묵에 맞서 저도 모르게 침착하지만 새된 목소리로 이렇게 말하고 있었다. "아직 집으로 가고 싶지 않아. 생각해보니, 괜찮은 옷을 좀 사야 할 것 같네. 입을 만한 것이 하나도 없어. 버스를 타고 시내로 갈게."

브라이언은 화를 아주 성공적으로 누르면서도 여전히 드러내 보이는, 그 미치도록 얄밉고 정중한 태도로 모자만 살짝 들어올렸다 내렸다.

"잘 가." 그녀가 날카롭게 말했다. "태워다줘서 고마워." 그녀는 애비뉴 쪽으로 몸을 돌렸다.

이제 뭘 하지? 그녀는 후회하며 물었다. 결과적으로 너무 어설프게 말을 꺼내버린 자신에게 화가 났다. 내년에 주니어를 유럽 학교에 보내고, 브라이언에게 아이를 데려가라고 제안할 생각이었다. 좀더 호의적인 방식으로 자신의 계획을 설명했더라면 브라이언은 동의했을 거라고, 그랬으리라고 그녀는 확신했다. 그랬다면 그녀로서는 도저히 이해할 수 없으나, 그가 그토록 넌더리 내는 안일하고 단조로운 일상을 깨볼 수도 있었을 것이다.

그녀는 자신이 화를 참지 못한 것이 더 화가 났다. 그런 때 그런 식으로 행동해서 얻을 게 뭐란 말인가?

나쁜 기분은 점차 사라졌다. 실망스럽고 부끄러웠으나 실의에 빠진 것은 아니었다. 그녀는 실패한 첫 시도로부터 대안을 끌어냈다. 자신이 엉뚱한 시점에 화를 냈을 뿐 아니라 너무 성급히 그의 관심을 돌려보려 한 것이 아닌가 되짚어봤다. 그의 감정이 끓어오른 상태에서 너무 몰아붙이는 바람에 의심과 고집을 불러일으켰을 수도 있었다. 기다리는 수밖에 없었다. 적당한 시간이 올 터였다. 내일이든, 다음주든, 다음달이든. 이제 그녀는 한때 그랬듯, 그가 모든 것을 버리고 마음 깊이 그리워하는 먼 곳으로 달아날까 두려워하지는 않았다. 그가 그러지 않으리라는 걸 알고 있었다. 그는 그녀를 좋아했고, 겉으로 잘 표현하지는 않았지만 나름 그녀를 사랑했다.

그리고 아들들이 있었다.

그녀는 그가 행복하기만을 바랐지만, 그가 주어진 것들과 더불어 그렇지 못하다는 것에 분개했다. 그리고 그의 행복을 바라면서도 단지 자기가 원하는 방식으로만, 자기가 그를 위해 세워놓은 계획에 따라서만 그렇게 되길 원한다는 점은 결코 인정하지 못했다. 그녀는 또 아들들을 위해, 그리고 그만큼은 아니지만 스스로를 위해 자신이 고집하는 삶의 터전과 자산의 안전을 위협하는 것으로 보이는 그 어떤 계획도, 그 어떤 방식도 인정하지 않았다.

2

클레어 켄드리의 애걸하는 편지를 받고 닷새가 지났다. 아이린 레드필드는 답장을 하지 않았다. 클레어로부터도 더는 아무 소식을 듣지 못했다.

아이린은 처음에 곧장 답장을 쓰려 했지만 그러지 않았다. 주소 때문에 편지를 다시 보았을 때, 클레어 스스로가 쌓아올린 그들 사이의 벽을 허물지 않겠다는 자신의 확고한 결심 때문에 잊었거나 제대로 알지 못했던 뭔가를 우연히 발견했기 때문이었다. 클레어는 답장을 우체국 유치우편으로 보내달라고 했다.

아이린은 그 점에 화가 났고, 클레어를 더욱 경멸하고 멸시하게 되었다.

그녀는 편지를 찢어 폐휴지 쓰레기통에 던져버렸다. 클레어의 조심스러움과 그들의 관계를 비밀로 유지하려는 바람 때문이 아니었다—아이린은 그 필요성을 이해했다. 화가 나는 건 클레어가 자신의 조심성을 의심하며, 답장을 쓸 때 부주의할까봐 우체국을 선택했다는 암시 때문이었다. 아이린은 언제나 자신의 올바른 판단과 행동에 자부심을 느꼈으므로, 누가 그 점을 의심하는 것을 참을 수 없었다. 더구나 그 누구가 클레어 켄드리라면 확실히 용납할 수 없었다.

좀더 마음이 가라앉은 후에 그녀는 결국 어떤 대답도 하지 않고, 무엇도 설명하거나 거절하지 않는 편이 낫다고 결정했다. 답장을 쓰지 않음으로써 문제를 간단히 해결하는 것이다. 클레어가 바보가 아닌 이상 침묵의 의미를 모를 리 없었다. 어쩌면 그것을 무시하고—아이린은 그러리라 확신했다—다시 편지를 보낼지도 모르지만, 그래봐야 소용없었다. 모든 게 너무도 쉬울 것이다. 편지는 모두 쓰레기통으로, 답장은 모두 침묵으로 대신할 것이다.

무엇보다 그녀와 클레어는 다시 볼 일이 없을 것이다. 그래, 그녀에게는 견딜 수 있는 일이었다. 어린 시절부터 그들의 삶은 진실로 서로에게 닿지 않았다. 사실 그들은 서로 낯선 사람들이었다. 삶의 방식과 수단이 낯설었다. 욕망도 야망도 낯설었다. 심지어 인종에 대한 자의식조차도 낯설었다. 그들 사이의 장벽은 마치 클레어의 핏속에 검은 피라고는 한 방울도 흐르지 않는 듯 그처럼 높고, 그처럼 넓고, 그처럼 견고했다. 실제로 그 벽은 더 높고, 더 넓고, 더 견고하기도 했다. 클레어에게는 누군가를 놀라게 하거나 위험에 빠뜨릴 비밀이 없는 사람들은 알 수도 상상할 수도 없는, 위태로움이 있기 때문이었다.

하루가 저물어가고 있었다. 시월 중순이 지났다. 일주일 내내 차가운 비가 내리며, 레드필드의 집 앞 도로에 늘어선 메마른 나무들에서 떨어진 썩어가는 낙엽들을 흠뻑 적시고 있었다. 그리고 다가올 추운 날들을 예고하듯 냉기를 품은 습한 바람이 집안으로 불어왔다. 아이린의 방에서는 낮게 불이 타오르고 있었다. 밖에는 뿌연 잿빛뿐이었다. 안에는 이미 전등이 켜져 있었다.

위층에서 아이들의 목소리가 들려왔다. 이따금 주니어의 진지하고 단호한 목소리가, 그러고는 다시 테드의 속을 알 수 없는 상냥한 목소리가 이어졌다. 자주 웃음소리가 들렸고, 부딪쳐 싸우는 소리, 장난감을 던지는 소리 같은 것들이 났다.

주니어는 나이보다 크고, 얼굴 생김이나 피부색이 믿을 수 없을 만큼 아버지를 닮았다. 하지만 성격은 현실적이고 단호하다는 면에서 브라이언보다는 그녀에 가까웠다. 테드는 사색적이고 내성적이었으며, 생각이나 욕망에서 적극성이 떨어지는 편이었다. 그리고 그에게는 솔직함을 가장한 기만적인 면이 있음을 아이린은 알고 있었다. 아이 아버지의 합리적인 묵인과 비슷했다. 그가 귀엽고 순진한 모습으로 우월한 힘 또는 바꿀 수 없는 주변 상황이나 환경에 즉시 굴복한다면, 그것은 싸움이나 불쾌한 논쟁을 극도로 싫어하기 때문이었다. 그 점 역시 브라이언을 닮았다.

아이린의 생각은 점차 주니어와 테드로부터 벗어나 온전히 아이들의 아버지에게 집중되었다.

오래된 두려움, 미래에 대한 두려움이 전보다 더 심하게 그녀를 엄습했다. 그리고 아무리 애써도 떨쳐낼 수 없었다. 그녀는 전쟁에서 성한 몸으로 돌아온 남편이 단지 겉으로만 자신의 바람에 호응해왔을 뿐이며, 그것으로 그 자신과 소유물들을 정해진 자리에서 떼어내고자 하는 경향이 점점 커지는 것을 감춰왔다는 사실을 인정해야 할 듯싶었다. 그녀는 무력했다.

최근 그가 드러낸 불만을 뒤엎지 못했다는 답답함은 서서히 가셨으나 대신 개운치 않은 우울감이 남았다. 그 한 가지 상실을 메꿔주기 위한 그녀의 모든 노력, 모든 수고로움, 그녀의 방법이 최선임을 증명하기 위한 그 모든 조용한 노력들, 그를 위한 모든 헌신, 드러나게 자신을 내세우지 않았던 모든 것들이 한순간에 덧없어진단 말인가? 그렇다면, 아이들에게는 무슨 일이 닥칠 것인가? 그녀에게는? 브라이언 자신에게는? 아무리 생각해도 답이 나오지 않는 질문들이었다. 왕복선처럼 머릿속을 오가는 생각들 때문에 심한 피로감만 느낄 뿐이었다.

위층에서 들려오는 소음과 쿵쾅거리는 소리가 점점 커졌다. 아이린이 계단 앞에 서서 아이들에게 좀 조용히 놀라고 당부하려는데 초인종이 울렸다.

이 시간에 누가 온 거지? 그녀는 줄리나의 신발 뒷굽 소리에 귀를 기울였다. 희미하게 또각거리며 문으로 가는 소리가 나고 계단을 올라오는 발소리가 들리더니 줄리나가 가볍게 침실 문을 두드렸다.

"네, 들어와요." 아이린이 말했다.

줄리나가 문가에 서 있었다. 그녀가 말했다. "레드필드 부인, 어떤 분이 찾아오셨는데요." 이런 시간에, 그것도 낯선 사람 때문에 안주인을 번거롭게 하고 싶지 않다는 마음이 담긴 신중하고 주저하는 목소리였다. "벨루 부인이랍니다."

클레어!

"아, 이런! 줄리나, 그녀에게 전해요." 아이린이 말을 꺼냈다. "안 되겠다고—아니야. 만나겠어. 이리로 데려와요."

그녀는 줄리나가 복도를 지나고 계단을 내려가는 소리를 들으며, 자리에서 일어나 초록색과 상아색이 섞인 원피스의 주름을 톡톡 두드려

폈다. 거울 앞에서 코에 파우더를 눌러 바르고 머리를 빗었다.

그녀는 그 자리에서 클레어에게 분명히 말할 작정이었다. 이렇게 와 봐야 소용없다고, 자신은 그럴 책임이 없다고, 브라이언과 얘기를 나눴고 그 역시 자신의 의견에 동의했다고, 클레어를 위해서라도 거리를 두는 편이 현명할 거라는—

그러나 리허설은 거기까지였다. 클레어가 노크 없이 살며시 방안으로 들어와 아이린이 인사를 건네기도 전에 그녀의 검은 곱슬머리에 입을 맞췄기 때문이었다.

눈앞에 서 있는 여자를 바라보며 아이린 레드필드는 갑자기 밀려드는, 설명할 수 없는 애정을 느꼈다. 손을 내밀어 클레어의 두 손을 잡고 거의 경외심이 깃든 목소리로 외쳤다. "세상에! 너 너무 예쁜 거 아니니, 클레어!"

클레어는 못 들은 척 받아넘겼다. 마찬가지로 모피와 조그만 파란 모자도 침대 위로 쓱 던져버리고, 아이린이 가장 좋아하는 의자에 한쪽 발을 얹고 반가부좌를 튼 자세로 비스듬히 앉았다.

"내 편지에 답장하지 않을 생각이었니, 린?" 그녀가 심각하게 물었다.

아이린은 시선을 피했다. 그녀는 그다지 친절하지 않았거나 그다지 정직하지 못했을 때 느끼는 불편한 감정을 느꼈다.

클레어가 말을 이었다. "난 매일 그 형편없는 작은 우체국에 갔었어. 그 사람들 분명히 나를 불륜에 빠졌다가 차인 여자라고 생각하기 시작했을 거야. 매일 아침 같은 대답이었지. '아무것도 안 왔습니다.' 나는 너무 겁이 났어. 네 편지나 내 편지에 무슨 일이 생겼을까봐. 밤마다 반쯤 깬 채로 침대에 누워 물기 머금은 별들을, 그 부질없는 것들을 바라보며 걱정했고 궁금해했어. 그러다 마침내 네가 답장을 쓰지 않았고, 그럴 마음도 없었으리라는 생각이 불쑥 들더라. 음, 그래서 잭이 플로리다로 떠나는 것을 배웅하고는 곧장 이리로 온 거야. 그러니까 린, 이제 나한테 솔직히 말해봐, 왜 내 편지에 답장을 안 했는지."

"왜냐하면, 그게 있잖아……" 아이린은 말을 멈추고 담배에 불을 붙인 다음 꺼진 성냥불을 재떨이에 던지며 클레어를 기다리게 했다. 그녀는 논점을 정리하려고 애썼다. 할렘의 어리석음을 클레어에게 납득시키기가 생각보다 힘들 것임을 육감이 경고하기 때문이었다. 마침내 그녀가 말을 계속했다. "나는 네가 여기 나타나서는 안 된다고 생각해. 흑인을 만나는 위험을 감수해서는 안 되는 거야."

"그 말은, 날 원치 않는다는 거니, 린?"

아이린은 누가 그렇게 상처받은 모습을 상상해본 적이 없었다. 그녀는 한껏 부드럽게 말했다. "아니, 클레어. 그런 게 아니야. 하지만 너 역시도 그것이 얼마나 끔찍하게 어리석은 일인지를 알아야 해. 그리고 그냥 옳은 일이 아니라는 걸."

클레어가 손으로 반짝이는 머리칼을 쓸어넘기는 동안 종소리 같은 웃음소리가 울려퍼졌다. "아, 린!" 그녀가 외쳤다. "너 정말 대단하다! 조금도 안 변했어. 옳은 일이라니!" 그녀는 몸을 앞으로 기울이며 아이린의 못마땅해하는 갈색 눈을 흥미롭게 들여다보았다. "아니야, 너 진심으로 그렇게 생각하는 건 아니겠지! 그런 사람이 어딨어. 정말 믿을 수가 없네."

아이린은 저도 모르게 벌떡 일어섰다. "내가 진짜 하고 싶은 말은,"

그녀가 응수했다. "그건 위험한 일이고, 넌 그렇게 어리석은 위험을 감수하지 말아야 한다는 거야. 누구든 그러지 말아야 해. 누구보다 너는."

그녀의 목소리가 갈라졌다. 머릿속에 떠오른 어떤 생각, 이상하고 무관한 의구심에 놀라 그녀는 자리에서 일어났다. 앞에 서 있는 여자가 완고한 이기심에도 불구하고, 아이린 레드필드는 알지 못했고 알고 싶어한 적도 없는 감정의 높이와 깊이를 다룰 능력이 있다는 점이었다. 그런 생각, 그런 의심은 언제 들었나 싶게 빨리 사라졌다.

클레어가 말했다. "아, 나!"

아이린이 불쑥 스쳐간 생각을 뉘우치듯 그녀의 팔을 달래듯 어루만졌다. "그래, 클레어, 너 말이야. 그건 안전하지 않아. 전혀 안전하지 않다고."

"안전!"

아이린에게는 마치 클레어가 그 단어를 이빨로 탁 물었다 뱉어내는 것처럼 들렸다. 그리고 짧은 순간 또다시 그녀에게는 낯설고 혐오스럽기까지 한 격렬한 감정을 클레어는 다룰 줄 안다는 의심이 들었다. 그녀는 또 어떤 급박한 재앙이 다가오고 있음을 어렴풋이 알아차렸다. 안정과 안전을 가장 중요하게 여기는 자신에게 클레어는 이렇게 말하는 것 같았다. "안전! 빌어먹을 안전!" 그리고 그것은 진심이었다.

아이린은 참기 힘들다는 듯한 몸짓으로 자리에 앉았다. 그리고 차갑고 딱딱하게 말했다. "브라이언과 난 그 모든 것에 대해 상세히 얘기를 나눴고, 그건 현명하지 못하다는 결론을 냈어. 그이 말로는 다시 돌아오는 것은 언제나 위험한 일이래. 그러다가 불행해진 사람을 한둘 본 게 아니라더라. 그리고 클레어, 모든 것을, 벨루 씨의 입장이나 그 모든 걸 고려하면 넌 가능한 한 조심해야 하는 것 아니니?"

클레어의 낮고 부드러운 목소리가 아이린이 말을 마친 후 이어진 짧은 침묵을 깼다. 그녀는 거의 고통스럽게 말했다. "내가 알았어야 했어. 잭이 문제였어. 네가 화낼 만도 해. 그럼에도 그날 넌 근사하게 행동했지. 하지만 난 정말 네가 이해하리라고 생각했어, 린. 어떤 면에서는, 바로 그것 때문에 내가 다른 사람들을 만나고 싶어하는 거잖아. 그날 일이 벼락치듯 모든 것을 바꿔놓았어. 그게 아니었다면, 난 너희들 중 누구도 만나지 않고 계속 전처럼 살았을 거야. 하지만 그 일이 내게 어떤 변화를 일으켰고 이후로는 늘 너무 외로웠어! 너는 모를 거야. 가까운 사람이 하나도 없어. 진심으로 얘기를 나눌 사람이 아무도 없다고."

아이린은 담배를 꾹 눌러 껐다. 그녀는 다시 클레어 켄드리가 죽은 아버지를 경멸하듯 내려다보던 모습을 떠올렸다. 그리고 그녀의 남편이 죽어 앞에 누워 있어도 똑같이 바라볼 거라 생각했다.

자신의 분노는 접어두고, 그녀가 연민어린 목소리로 외쳤다. "어쩌니, 클레어! 난 몰랐어. 용서해. 내가 마치 인정머리 없는 괴물이 된 기분이야. 그걸 눈치채지 못하다니 내가 어리석었어."

"아니야, 전혀 그렇지 않아. 네가 어떻게 알아. 아무도, 너희들 누구도 알 수 없었어." 클레어가 흐느꼈다. 그녀의 검은 눈에 고인 눈물이 뺨을 타고 무릎에 떨어져 비싼 벨벳 원피스 위로 번졌다. 클레어는 긴 두 손을 조금 치켜들어 깍지를 끼고 있었다. 감정을 가누고 말하려는 노력이 여실했으나 뜻대로 되지 않았다. "네가 어떻게 알았겠어? 무슨 수로? 넌 자유로워. 행복하고. 그리고," 그녀는 약간 빈정거리는 투로 덧붙였다. "안전하잖아."

아이린은 빈정거리는 기색을 모른 척했다. 상대의 말 속에 든 사무친 저항감이 그녀 자신의 눈에도 눈물을 고이게 하기 때문이었다. 그러나 그녀는 눈물을 흘리지는 않았다. 사실 그녀는 우는 것이 자신과 어울리지 않는다는 걸 알고 있었다. 클레어처럼 매력적으로 우는 여자는 드물다고, 그녀는 생각했다. "난 믿기 시작하는 중이야." 그녀가 중얼거리듯 말했다. "누구도 완전히 행복하거나 자유롭거나 안전하지 않다고."

"그래, 그렇다면 뭐가 문제야? 우리가 어차피 안전하지 않다면, 심지어 너마저도 그렇지 않다면 크게 달라질 게 뭐라고. 나한테는 아니야. 게다가 난 위험에 익숙해. 그리고 이건 네가 나에게 입증하려는 것처럼 그렇게 큰 위험도 아니고."

"이런, 위험하지. 그리고 큰 변화를 가져올 수도 있어. 너에게는 어린 딸이 있잖아, 클레어. 그애에게 벌어질 일을 생각해봐."

클레어의 얼굴에 놀란 표정이 떠올랐다. 아이린이 자신을 공격하는 데 이용할 이 새로운 무기에 전혀 대비하지 못한 듯했다. 그녀는 상처받은 눈길로 이를 악문 채 그곳에 앉아, 잠시 시간을 흘려보냈다. "내 생각에는," 그녀가 마침내 말했다. "세상에 엄마 노릇보다 더 잔인한 일은 없는 것 같아." 그녀는 움켜쥔 두 손을 앞뒤로 흔들며 주홍색 입술을 바르르 떨었다.

"그래." 아이린이 조용히 동의했다. 그녀는 잠시 말을 잇지 못했다. 그녀 자신이 최근에 그토록 자주 마음속에 담았으면서도 확실히 정의할 수 없던 일을 클레어가 너무도 정확한 말로 표현했던 것이다. 동시에 그녀는 가볍게 외면할 수 없는 한 가지 이유가 바로 자신의 손에 있음을 의식했다. "맞아." 그녀가 다시 말했다. "그리고 가장 책임이 큰 일이기도 해, 클레어. 우리 엄마들은 모두 아이들의 안전과 행복에 책임이 있어. 벨루 씨가 알게 된다면, 그게 마저리에게 무슨 의미가 될지를 생각해봐. 넌 어쩌면 그 아이를 잃게 될 거야. 그게 아니더라도, 그애에게는 모든 것이 전과는 달라지겠지. 아이에게 흑인의 피가 흐른다는 걸 네 남편은 결코 잊지 못할 거야. 그리고 그애가 사실을 알게 된다면, 음, 내 생각으로는 열두 살이 넘으면 그런 걸 용납하기에는 이미 늦은 거야. 그앤 널 결코 용서하지 않을 거야. 넌 위험에 익숙하겠지만, 이런 위험은 굳이 감수할 필요가 없는 것 아니니, 클레어. 그저 이기적인 생각이고 불필요한 그리고—"

"그래, 줄리나, 무슨 일로?" 아이린은 소리 없이 문가에 나타난 가정부에게 약간 나무라듯 물었다.

"전화가 왔어요, 레드필드 부인. 웬트워스 씨예요."

"알았어요. 고마워. 여기서 받을게." 그리고 클레어에게 낮은 소리로 실례한다고 말한 다음 수화기를 들었다.

"여보세요…… 그래요, 휴…… 아, 그럭저럭요…… 당신은요?…… 미안해요, 표가 다 나가서요…… 아, 너무 아쉽네요…… 네-에, 될 것 같아요. 그래도 썩 좋은 건 아니지만…… 예, 물론이죠. 꼭 필요하다면야 어떻게든…… 잠깐만요! 이렇게 하면 되겠다! 당신 옆자리와 내 자리를 바꾸면 되겠네요. 그럼 당신이 그 자리에…… 아니…… 정말이에요…… 난 너무 바빠서 서 있는지 앉아 있는지도 모를 텐데요…… 브라이언이 이따금 앉을 만한 자리만 있다면…… 한 사람도 없어요…… 아니, 그러지 마시고요…… 좋네요…… 비앙카에게 안부 전해주시고…… 알아보고 바로 다시 전화할게요…… 그럼."

그녀는 수화기를 내려놓고 선이 부드러운 얼굴을 살짝 찡그리며 클레어를 돌아보았다. "N.W.L 댄스파티 때문에." 그녀가 설명했다. "흑인복지연맹, 있잖아. 내가 입장권 담당 부서에 속해 있거든. 아니, 그보다 내가 입장권 담당 부서 그 자체야. 다행히 내일 밤이면 행사가 끝나고 일 년 동안은 열리지 않아. 미칠 지경이야. 지금 나와 좌석을 바꿀 사람이 없는지 누군가를 찾아 설득해야 하고."

"그 사람 말인데, 휴 웬트워스는 아니겠지? 그 휴 웬트워스는 아니지?" 클레어가 물었다.

아이린이 고개를 끄덕였다. 그녀의 얼굴에 의기양양한 미소가 언뜻 비쳤다. "맞아, 그 휴 웬트워스야. 그 사람을 아니?"

"아니, 내가 어떻게? 하지만 누군지는 알아. 그 사람이 쓴 책을 한두 권 읽었거든."

"책들 참 좋지?"

"으-음, 그런 것 같아. 내 생각에는 경멸이 담긴 듯했어. 그가 어딘지 모든 사람과 모든 것을 경멸하는 것 같더라."

"그래, 놀랄 것도 없지 뭐. 여하튼 그는 그럴 만한 자격은 있는 사람이라고 봐. 적어도 세 대륙에 걸쳐 이름 없는 변방을 돌며 살았으니. 가장 위험한 곳들에서 온갖 위험을 무릅쓴 거잖아. 그런 사람 눈에 우리 같은 사람들이야 그저 자기만족에 빠진 게으른 무리로 보일 만도 하지. 그래도 휴는 좋은 사람이야, 열두 제자 중의 한 사람처럼 관대해. 입고 있던 옷도 벗어준다고. 아내인 비앙카도 사람이 좋고."

"그런데 그 사람이 네가 준비하는 그 댄스파티에 온다는 거야?"

아이린은 왜 안 되느냐고 물었다.

"그런 사람이 흑인들의 댄스파티에 오다니 이상하잖아."

지금은 1927년이고 여기는 뉴욕이라고, 휴 웬트워스 같은 백인들이 점점 더 많이 할렘의 행사에 오고 있다고 아이린이 말했다. 너무 많이 들 와서 브라이언이 이렇게 말할 정도였다. "조만간에 유색인들은 들어가지도 못하게 생겼군. 아니면 들어가도 짐 크로 법에 따라 격리 좌석에 앉든가."

"그들이 왜 오는 건데?"

"네가 여기 있는 거랑 같은 이유로. 흑인들이 보고 싶어서지."

"하지만 왜?"

"이유야 여러 가지지. 어떤 사람들은 그냥 단순히 즐기러 오는 거고. 또 어떤 사람들은 자료를 얻어 그걸로 돈을 벌어. 또 유명 인사나 유명 인사에 가까운 사람들이 흑인을 바라보는 걸 바라보러 오는 사람도 있어." 아이린이 설명했다.

클레어가 박수를 쳤다. "린, 나도 갈까봐! 들어보니 너무 흥미진진할 것 같아. 내가 못 갈 이유도 없잖아."

아이린은 눈을 가늘게 뜨고 그녀를 바라보며 이 년 전 드레이튼호텔의 스카이라운지에서와 같은 생각을 했다. 클레어 켄드리는 좀 지나치게 예뻤다. 아이린이 비꼬듯 말했다. "네 말은, 그렇게 많은 백인들이 가기 때문이라는 거야?"

클레어의 상아색 뺨이 연한 장밋빛으로 달아올랐다. 그녀는 아니라는 듯 한 손을 들었다. "그런 말이 어딨어! 당연히 아니지! 그렇게 많은 사람들 틈에서라면 내가 쉽게 눈에 띄지 않을 것 같다는 말이야."

아이린의 의견은 정반대였다. 심지어 두 배로 위험할 수도 있었다. 존 벨루나 그녀의 친구 또는 지인이 나타나서 그녀를 알아볼 수도 있었다.

그 말에 클레어는 한참 웃었다. 가벼운 트릴 연주 같은 웃음소리가 연이어 울려퍼졌다. 존 벨루의 친구가 흑인 댄스파티에 나타난다는 생각만큼 웃긴 건 세상에 또 없다는 듯.

"내 생각엔 아니야." 그녀가 웃음을 그친 뒤 말했다. "그런 걱정은 할 필요 없어."

아이린은 그래도 마음이 놓이지 않았다. 그러나 아무리 클레어를 설득해도 소용없었다. "거기서 누굴 만날지 어떻게 알아?"라고 물으면 클레어는 대답했다. "어디 그렇게 되나 한번 볼까."

"게다가 넌 아는 사람 하나 없고 난 너무 바빠서 널 챙겨주지도 못해. 지루할 게 뻔해."

"아냐, 안 그래. 나한테 아무도, 심지어 레드필드 박사마저도 춤을 청하지 않아도, 난 그냥 거기 앉아서 유명 인사들과 유명 인사에 가까운 사람들을 지켜보면 돼. 그렇게 해, 린. 그러지 말고 날 초대해줘."

아이린은 클레어의 달래는 듯한 웃음을 외면하고 빠르고 단호하게 말했다. "그럴 수 없어."

"어쨌든 난 갈 거야." 클레어가 대답했다. 그녀의 목소리는 아이린의 목소리만큼이나 단호했다.

"안 된다니까. 너 혼자는 가지도 못해. 공공 행사라고. 온갖 사람들이 다 와. 일 달러만 낼 수 있다면, 심지어 거래를 원하는 값싼 여자들까지도 온단 말이야. 너 혼자 나타나면 그런 여자로 오해받을 수도 있어. 그건 별로 유쾌하지 않잖아."

클레어는 다시 웃었다. "고마워. 그런 적은 없었어. 재밌겠다. 경고하는데 린, 네가 순순히 날 데려가지 않는다 해도 난 그 사람들 사이에 있을 거야. 내 일 달러도 다른 사람들 것만큼 가치가 있을 테니."

"뭐, 지금 돈이 문제가 아니잖아! 바보처럼 왜 이래, 클레어. 네가 어딜 가든, 뭘 하든 난 상관없어. 내가 걱정하는 건 그 상황에서 너한테 일어날 수 있는 불상사와 위험뿐이야. 솔직히 말해, 난 그런 불상사에 엮이기도 싫고." 그녀는 말하며 다시 일어나 창가로 갔다. 그리고 창턱의 회색 돌항아리에 꽂혀 있는 작고 노란 국화 다발을 들어올려 가지런히 펼쳐놓았다. 손끝이 약간 떨렸다. 초조함과 짜증으로 폭발할 지경이었다.

클레어의 얼굴은 금방이라도 다시 울음을 터뜨릴 듯 기이해 보였다. 새틴 스타킹을 신은 한쪽 발이 초조하게 앞뒤로 흔들렸다. 그녀는 격렬하게, 거의 난폭하게 말했다. "빌어먹을 잭! 그가 모든 걸 막고 있어. 내가 원하는 모든 것들을. 죽여버리겠어! 언젠가는 그러고 말 거야."

"나라면 그러지 않겠어." 아이린이 충고했다. "여전히 사형제도가 있잖아, 적어도 이 주州에는. 그리고 정말이지, 클레어, 따지고 보면 네 남편한테만 모든 책임을 돌릴 수도 없는 거잖아. 그 사람의 입장이라는 것도 인정해야지. 네가 유색인이라는 걸 말하지 않았는데, 흑인들을 그리워하는 네 마음을 그가 무슨 수로 알겠니? 그가 흑인들을 깜둥이나 검은 악마라고 부를 때 끓어오르는 네 분노를 말이야. 내 생각에는 네가 견딜 건 견디고 포기할 건 포기하는 게 맞아. 전에 우리가 말했다시피 모든 것에는 반드시 대가가 있는 법이잖아. 그러니까 제발 이성적으로 생각해."

그러나 클레어는 조심성은 물론 이성마저 가둬버린 게 분명했다. 그녀는 고개를 저었다. "못해. 난 못해." 그녀가 말했다. "할 수 있으면, 하겠어. 하지만 난 못해. 넌 몰라. 내가 얼마나 흑인들을 보고 싶어하는지. 다시 함께 있고 싶은지, 그들과 함께 대화하고, 그들의 웃음소리를 듣고 싶은지, 넌 알 수 없다고."

그러면서 아이린을 바라보는 그녀의 눈길에는 더듬거리며 찾아보지만 가망이 없는, 그러면서도 말할 수 없이 결연한 무엇이 들어 있었다. 그것은 아이린 자신의 내면에 깃든 부질없는 탐색과 굳은 결의와도 비슷한 모습으로, 클레어 켄드리에 대해 그녀가 품어온 의구심과 죄책감을 부채질했다.

그녀는 항복했다.

"아, 오고 싶으면 와. 네가 옳겠지. 한 번 온다고 그리 끔찍한 일이야 벌어지겠어."

허락과 동시에 후회가 밀려왔으므로, 그녀는 클레어의 호들갑스러운 인사치레를 짐짓 모른 체하며 씩씩하게 물었다. "올라가서 애들 만나볼래?"

"나야 좋지."

올라가며 아이린은 브라이언이 그녀를 줏대 없는 바보 취급할 거라는 생각이 들었다. 그리고 그가 옳았다. 그녀는 확실히 그렇게 행동했다.

클레어가 미소를 지었다. 그녀는 놀이방의 문가에 서서 알 수 없는 눈빛으로 주니어와 테드를 바라보았다. 아이들은 몸싸움을 멈추었다.

주니어의 얼굴은 이상하게 화난 듯 보였고, 테드는 무표정했다.

클레어가 말했다. "미안해서 어쩌지. 물론, 내가 재밌게 노는 데 방해한 건 알아. 하지만, 크게 방해하지 않겠다고 약속하면 방에 들어가게 해줄래?"

"당연히요, 들어오고 싶으면 들어오세요." 테드가 그녀에게 말했다. "우리가 막아도 들어오실 거잖아요." 그가 웃으며 클레어를 향해 조금 고개를 숙여 인사하고는 좋아하는 책들이 꽂혀 있는 책꽂이로 몸을 돌렸다. 그는 책을 한 권 꺼내들고 의자에 앉아 읽기 시작했다.

주니어는 입을 다물고 아무것도 하지 않으며 기다리듯 우두커니 서 있었다.

"일어나, 테드! 버릇없이. 여기는 시어도어, 벨루 부인이셔. 예의 없이 굴어 미안해. 평소에는 이러지 않는데. 그리고 얘가 브라이언 주니어. 엄마랑 친한 친구란다. 어린 시절 같이 놀곤 했어."

클레어가 가고 브라이언은 전화를 걸어 저녁 약속이 생겨 시내에 가게 되었노라 했다. 아이린은 그 소식이 반갑기도 했다. 그녀 자신도 나중에 외출할 예정이었으니, 아침까지는 브라이언을 대면하지 않는다는 뜻이었고 덕분에 클레어와 N.W.L 댄스파티에 대한 얘기를 좀더 미룰 수 있었다.

그녀는 자신과 클레어에게 화가 났다. 그러나 스스로에 대한 분노가 더 컸다. 클레어 켄드리의 성화에 못 이겨 브라이언이 확실하게 하지 말라고 한 일을 허락해버렸다. 그녀는 그가 흔들리는 것을 원치 않았다. 적어도 지금만큼은, 그가 까닭 모를 불안증에 사로잡혀 있는 동안은 아니었다.

그녀는 그런 일에 동의한 것도 짜증이 났다. 댄스파티로 끝난다면 모를까, 앞으로 온갖 사소하고 귀찮은 일들과 애매한 상황에 말려들 것이 뻔했다. 집안에서 브라이언뿐 아니라 밖에 나가 친구들과 지인 사이에서까지. 클레어가 그들 사이에 들어와 일어날 수 있는 불쾌한 일들이 그녀의 눈앞에 끝없이 떠올랐다.

클레어는 하고 싶은 일이면 어떤 반대에도 불구하고, 다른 사람의 편의나 바람 따위는 철저히 무시한 채 밀고 나가는 능력을 여전히 간직하고 있는 듯 보였다. 그녀에게는 굴복시키거나 무시할 수 없는, 바위의 내구성을 닮은 끈질긴 면모가 있었다. 그런 사람이니 완벽하게 평온한 삶은 살 수 없을 거라고 아이린은 생각했다. 언제나 의식 저편에 어두운 비밀이 웅크리고 있는 사람은 그럴 수 없었다. 그럼에도 그녀는 전혀 양심의 가책이나 고통으로 얼룩진 삶을 사는 사람처럼 보이지 않았다. 고통과 두려움, 그리고 슬픔은 흔적을 남긴다. 사랑, 그 예리한 고뇌의 감정조차도 얼굴에 희미한 흔적을 남기는 법이었다.

그러나 클레어는—언제나 그랬듯, 매력적이며 다소 외로웠던 그 아이 모습 그대로—이기적이고 제멋대로 굴며 주변을 불안하게 했다.

3

흑인복지연맹의 댄스파티에 대해 아이린 레드필드가 나중에 기억하는 것들은 중요하지도 않고, 서로 연관도 없어 보였다.

그녀가—아, 그렇게 변명하듯—클레어를 파티에 데려가기로 약속한 것과 집으로 찾아와 나눈 대화를 브라이언에게 알렸을 때 그는 짜증을 감추며, 그러나 조소라고 보기는 어려운 미소를 지었던 기억이 났다.

그녀가 예상보다 조금 늦게 아래층으로 내려가 브라이언이 기다리는 거실로 서둘러 들어갔을 때, 그와 함께 있는 클레어를 발견하고 나지막이 탄성이 흘러나온 기억이 났다. 세련되고 화사하고 향기롭고 눈부신 클레어는 고급스럽게 빛나는 검은색의 태피터 가운을 걸치고 있었다. 길고 폭이 넓은 치마가 그녀의 날렵한 금색 구두 위로 우아한 주름을 드리웠다. 윤나는 머리는 느슨하게 빗어 넘겨 목선이 드러나게 틀어올렸고, 눈은 검은 보석처럼 광채가 났다. 아이린은 새로 장만한 무릎길이의 장미색 시폰 드레스 차림에 짧은 곱슬머리를 한 자신이 초라하고 촌스럽게 느껴졌다. 그녀는 클레어에게 평범하고 튀지 않는 옷을 입으라고 조언하지 않은 걸 후회했다. 세상에, 저렇게 대놓고 관심을 끌겠다니 브라이언은 뭐라고 생각할까? 하지만 브라이언 레드필드가 클레어 켄드리의 외모에서 어떤 짜증이나 불편함을 느꼈다 해도, 거기 서서 초조하고 떨떠름한 기분으로 그의 얼굴을 바라보던 아내의 눈에는 보이지 않았다. 클레어가 그녀에게 두 사람이 서로 인사를 나눴다며 브라이언에게 깍듯이 미소 짓자, 그는 재밌다는 듯 가볍게 빈정대는 미소로 답했다.

그녀는 차가 시의 북쪽으로 달리고 있을 때 클레어가 한 말을 기억했다. "그거 알아, 난 우리가 크리스마스트리 점등식에 갔던 그 일요일 같은 기분이 들어. 뭔지 몰라도 놀라운 일이 날 기다리고 있을 것 같았거든. 정말 너무 설렌다. 넌 상상 못할 거야! 진짜 가고 있다니 근사해! 믿을 수가 없어!"

그녀의 말들과 어조에 차가운 경멸의 물결이 아이린을 훑고 지나갔다. 저 모든 과장된 수식어들! 그녀는 무심한 척 애쓰며 말했다. "그래, 어떤 면에서는 더 놀라울 수도 있겠지. 아마 네가 기대했던 것 이상으로 말이야."

브라이언이 운전석에서 대꾸했다. "막상 가보면 별로 놀랄 게 없을지도 모르지. 결국 의심할 바 없이 클레어가 기대했던 그대로일 테니까. 크리스마스트리처럼."

그리고 그녀는 이 사람 저 사람과 의논하며 바삐 움직이다가, 이따금 어떤 남자와 춤을 추기도 했던 것을 기억했다. 춤추는 스타일이 특별히 마음에 들던 사람이었다.

그녀는 빙글빙글 도는 사람들 속에서 스치듯 클레어의 모습을 본 것을 기억했다. 클레어는 백인과 춤을 추기도 했지만, 대개는 흑인들, 그중에서도 브라이언과 자주 춤을 추었다. 아이린은 그가 클레어를 친절하게 대해 기뻤고, 클레어가 어떤 유색인 남자들은 백인 남자들보다 우월하다는 걸 발견할 기회를 가져 기뻤다.

그녀는 삼십 분쯤 틈이 나서 쉬는 동안 빈 특등석 의자에 몸을 파묻고 홀을 가득 메운 환한 군중들을 훑어보며 휴 웬트워스와 나눈 대화를 기억했다.

젊은 남자들, 늙은 남자들, 백인 남자들, 흑인 남자들, 젊고 발랄한 여자들, 나이든 여자들, 분홍빛 여자들, 금빛 여자들, 뚱뚱한 남자들, 마른 남자들, 키 큰 남자들, 키 작은 남자들, 우람한 여자들, 날씬한 여자들,

다부진 여자들, 가냘픈 여자들이 지나갔다. 오래된 동요 구절이 머릿속에 떠올랐다. 그녀는 막 옆에 앉은 웬트워스를 돌아보며 읊었다.

부자, 가난뱅이,
거지, 도둑,
의사, 변호사,
인디언 추장.

"그러네요," 웬트워스가 말했다. "딱 맞네요. 별의별 사람이 다 온 것 같아요, 그것도 생각보다 많이요. 그런데 난 저 동화 속에서 튀어나온 것 같은 금발 미녀의 이름과 지위, 그리고 인종이 뭘까 궁리중입니다. 지금은 랠프 헤이즐턴과 춤을 추고 있네요. 눈에 띄게 좋은 대조를 이루는군요."

그랬다. 클레어는 햇빛이 화사한 날처럼 희고 빛났다. 헤이즐턴은 검고 눈은 달빛이 비추는 밤과 같았다.

"예전에 시카고에서 알고 지냈던 친구예요. 무엇보다 당신을 만나고 싶어했어요."

"거참 고마운 일이군요, 그럼요. 그런데 이제, 저런! 늘 있는 일이 일어났네요. 저 모든 사람들, 저—에 그러니까—'유색인 신사들'이 그녀의 마음속에서 순 북유럽 인종을 몰아냈군요."

"설마요!"

"사실인데요. 여기에 매료되어온 나와 같은 인종의 백인 숙녀들에게 일어난 일이지요. 비앙카를 봐요. 오늘 저녁 저 사람과 눈이나 제대로 마주친 줄 알아요? 가끔 어떤 에티오피아인과 빙빙 도는 걸 본 게 다라고요."

"하지만 휴, 보통의 유색인 남자가 보통의 백인 남자보다 춤을 잘 춘다는 것쯤은 인정해야죠. 그것도, 여기를 찾아오는 유명 인사들과 부유한 후원자들이 백인 테르프시코레*의 전령이라는 전제하에서 말이죠."

"나야 저 남자분들과 춤을 추며 환상의 나라를 여행해본 경험이 없으니, 뭐라고 반박은 못하겠네요. 하지만 꼭 그 때문만이라고는 못하겠어요. 음, 뭔가 다른 게, 다른 매력이 있는 거죠. 백인 여자들은 항상 흑인들이 잘생겼다고 추어올리잖아요. 피부가 검으면 검을수록 더 좋아하죠. 예를 들어 헤이즐턴을 좀 봐요. 여자들이 너도나도 그가 매혹적으로 잘생겼다고 아우성이에요. 아이린, 당신은 어때요? 그가, 에, 숨넘어가게 잘생겼나요?"

"아니요! 내 생각엔 다른 사람들도 그렇게 느끼지는 않아요. 그게, 그냥 하는 소리죠. 제 생각으론, 그들이 느끼는 건, 그러니까 일종의 감정적인 흥분 같은 거죠. 있잖아요, 뭔가 낯선 것, 심지어 약간은 역설적인 것 앞에서 느끼는 그런 감정 말이에요. 너무나 달라서, 당신이 평소에 아름다움에 대해 가졌던 모든 개념과 정반대에 있는 그런 것이요."

"젠장, 당신 말이 반쯤은 옳은 것 같네요!"

"내 생각엔 백 프로 옳아요(물론, 그녀들의 입장에서 선심 쓰는 식의 친절일 경우는 제외하고요). 그리고 난 같은 경험을 해본 유색인 여자들도 알고 있어요—당연히 그 반대 입장에서요."

---

* 그리스신화에 나오는 아홉 뮤즈 가운데 하나로 춤을 주관하는 여신.

"그러면 남자들은요? 당신은 사람들이 여기 오는 이유에 대한 일반적인 의견에 동의하지 않잖아요. 순전히 데이트 상대를 고르려고 온다는. 아니면 내가 잘못 안 건가요?"

"아-아니요. 호기심에 가까운 거라고 말하고 싶네요."

흐린 호박색 눈동자를 가진 웬트워스가 탐색하는 눈초리로 그녀를 오랫동안 응시했다. 그가 말했다. "아이린, 모든 게 아주 흥미롭군요. 조만간 이 문제에 대해 길게 얘기해보자고요. 여기 처음 나타난, 시카고에서 온 당신 친구와 그 모든 것들에 대해. 아주 전형적인 사례로서."

아이린의 미소는 립스틱을 바른 입술 언저리에서 멎었다. 웬트워스의 넓은 손바닥 안에서 성냥불이 타올라 아이린과 그의 담배에 불을 붙인 다음 훅 꺼졌다. 그러고는 그가 물었다. "혹시 아닌가요?"

그녀의 미소는 웃음소리로 바뀌었다. "아, 휴! 당신은 너무 영리해요. 정말이지 모르는 게 없어요. 염소 사이에서 양을 가려낼 정도로요. 당신은 어떤데요? 그래 보여요?"

그는 생각에 잠긴 듯 담배 연기를 깊이 들이마셨다 동그랗게 뿜어냈다. "젠장 알긴 뭘 알아요! 그 눈속임을 익히 안다고 자신할 수 있어요. 하지만 어떤 때는 내 목숨이 달렸다 해도 가려낼 수가 없는걸요."

"걱정 말아요. 아무도 못해요. 눈으로 봐서는 모르는 거죠."

"눈으로 봐서는 모른다니, 음? 무슨 뜻이죠?"

"아쉽지만 설명 못하겠네요. 정확히는. 방법들이 있어요. 손에 잡히는 것들이 아니라서 그렇죠."

"친족의 느낌이라든가 뭐 그런 비슷한 건가요?"

"세상에, 아니에요! 결혼한 집안끼리면 모를까 그런 게 어디 있어요."

"다시 옳은 말씀이지만, 염소와 양 얘기 좀더 해봐요."

"그럼, 도러시 톰킨스와의 내 경험을 들어봐요. 그녀가 흑인이 아니라는 것을 알기 전에, 나는 그녀를 소모임이나 단체 모임에서 네댓 번 봤어요. 어느 날 끔찍하게 고상한 체하는, 불쾌한 티파티에 간 적이 있었는데요. 도러시가 거기 있었죠. 우린 얘기를 나눴어요. 오 분도 안 되어 난 그녀가 백인이라는 걸 알았죠. 무슨 말이나 행동, 외모 때문이 아니었어요. 그저, 그저 뭐가 있었죠. 말로는 표현할 수 없는 어떤 것이죠."

"그래요, 무슨 말인지 알겠어요. 하지만 여전히 많은 사람들이 줄곧 '패스'하잖아요."

"우리 쪽에서는 아니에요, 휴. 흑인이 백인인 척하는 건 쉬워요. 하지만, 백인이 유색인 행세를 하는 건 그렇게 만만치 않을 거예요."

"그 생각은 못 해봤네요."

"당연히 안 해봤겠죠. 당신이 무엇 때문에요?"

그는 담배 연기 사이로 비난하듯 그녀를 바라보았다. "지금 날 떠보는 건가요, 아이린?"

그녀는 침착하게 말했다. "아니에요, 휴. 내가 당신을 얼마나 좋아하는데요. 당신은 너무 진실하고요."

그리고 그녀는 댄스파티가 끝날 무렵 브라이언이 그녀에게로 와서 했던 말을 기억했다. "당신을 먼저 내려주고 클레어를 바래다줄게." 그녀가 이미 비앙카 웬트워스에게 데려다달라고 부탁해놓았으니 굳이 그럴 필요가 없다고 설명했을 때, 그가 미심쩍어했던 것도 생각이 났다. 그들에게 클레어의 얘기를 하는 게 현명한 걸까, 그가 물었었다.

"그들에게 아무 말도 하지 않았어." 그녀가 날카롭게 말했다. 참을 수 없이 피곤했으므로. "클레어가 월싱햄에서 지낸다는 것 말고는. 같은 방향이고. 그리고 정말, 그게 현명한 일인지는 생각을 안 해봤는데, 지금 보니, 당신이 아니라 그들이 데려다주는 편이 훨씬 나을 것 같네."

"당신 좋을 대로. 당신 친구잖아." 그가 상관없다는 투로 어깨를 으쓱하며 대답했다.

서로 관련 없는 이 몇 가지 일들을 제외하면 댄스파티의 기억은 희미해져갔다. 그리고 윤곽만 남아 지난 몇 년 동안 방문했고 앞으로도 방문하게 될 다른 비슷한 파티들의 윤곽과 겹쳐졌다.

4

별다를 게 없어 보였음에도 불구하고, 그 댄스파티는 중요했다. 말하자면 그것이 아이린 레드필드의 삶에서, 다가올 수년 동안 어떤 흔적을 남기게 될 새로운 요소가 투입된 시점이기 때문이었다. 바로 클레어 켄드리와의 새로운 우정의 시작이었다.

그후로 클레어는 자주 그들을 찾아왔다. 그녀가 발산하는 유쾌한 기운이 언제나 레드필드 집안에 흘러넘쳤다. 그러나 아이린은 그녀가 오는 것이 기쁜지 성가신지 확신할 수 없었다.

여하튼 클레어는 문제를 일으키지는 않았다. 크게 챙겨주지 않아도 되었고 심지어 아는 척할 필요도 없었다. 클레어를 못 본 척할 수 있는 사람이 있기나 하다면. 아이린이 집을 비우거나 볼일이 있을 때면 클레어는 혼자서도 테드와 주니어를 데리고 즐겁게 지낼 줄 알았다. 아이들은, 특히 테드는 감탄을 넘어 그녀를 숭배할 지경이었다. 아이들도 없을 때면 그녀는 부엌으로 내려가 아이린이 보기에는 짜증이 날 정도로 어린애처럼 눈치 없이 줄리나와 사디와 흥겹게 수다를 떨며 시간을 보냈다.

아이린은 클레어가 아이들의 놀이방과 부엌을 드나드는 것이 달갑지 않으면서도, 뭔가 알 수 없는 이유로 말하기를 꺼리며, 클레어에게 그러지 말라고 요구하지 않았다. 그녀가 자신의 딸 마저리를 그렇게 버릇없이 굴도록 내버려두지도, 백인 하인들에게 그렇게 친절하지도 않을 거라는 암시도 하지 않았다.

브라이언은 이 모든 일들을 느긋하고 재미있다는 듯 지켜보았고, 그것이 클레어에 대한 그의 전반적인 태도이기도 했다. 클레어가 자신들과 댄스파티에 갈 거라고 아이린이 말했을 때 놀라며 빈정거리듯 미소 지었던 그 저녁 이후로, 그는 클레어가 드나들어도 불편한 내색을 하지 않았다. 그렇다고 좋아하는 것 같지도 않았다. 아이린의 판단으로는 짜증을 낸다거나 귀찮아하지 않았다. 그게 다였다.

한번은 그녀가 그에게 물은 적이 있었다. 클레어가 유난히 예쁘다고 생각하지 않느냐고.

"아니," 그의 대답은 그랬다. "뭐 그렇게 특별한 건 아니지."

"브라이언, 거짓말 마!"

"아니, 정말이라니까. 내가 좀 까다로운 모양이지. 백인치고는 예쁜지 몰라도, 난 더 까만 여자들이 좋거든. 최상의 흑인 미녀와 겨룬다면 클레어는 뭔가 좀 빠진 게 있지."

클레어는 이따금 아이린과 브라이언을 따라 파티에 가고 춤을 추러 다녔다. 그리고 드물게 아이린이 갈 수 없거나 외출이 내키지 않을 때는 브라이언과 단둘이 브리지파티나 자선 댄스파티에 가기도 했다.

클레어는 가끔 정식으로 레드필드가의 저녁식사에 초대받기도 했다. 그러나 반듯한 매너와 사교적인 분위기를 지녔음에도 불구하고, 그녀는 이상적인 디너파티의 손님은 아니었다. 그녀를 바라보는 미학적인 즐거움 외에는 별 도움을 주지 못했다. 대개는 최면에 걸린 듯한 눈에 묘하게 꿈꾸는 표정으로 말없이 앉아 있기만 했다. 그러나 자신이 필요할 때, 카바레에 가려는 모임에 끼고 싶다거나 초대받고 싶은 댄스파티나 티파티가 생기면 막힘없이 유쾌하게 얘기할 줄도 알았다.

그녀는 대체로 인기가 좋았다. 친절하게 잘 반응해주고, 항상 누구에게든 듣기 좋은 말을 건넬 준비가 되어 있었다. 게다가 약간 애처롭고 이용당하는 것처럼 보여 사람들이 그녀를 가엾게 여겨도 불쾌해하지 않았다. 그리고 아무리 자주 그들과 어울려도 그녀는 어딘지 비밀스럽고 낯선, 궁금하고 감탄스럽고 가여운 사람으로 남아 있었다.

그녀의 방문은 존 벨루가 도시에 있느냐 없느냐에 달려 있어서 정해진 것이 없고 불확실했다. 그러나 때로는 존 벨루가 떠나 있지 않을 때라도 오후 한나절 틈을 타 외곽으로 빠져나오기도 했다. 한동안 시간이 흘러도 발각될 위험이 없어 보이자 아이린조차도 클레어가 남편에게 인종적 정체성을 들킬까 걱정하지 않게 되었다.

클레어와 그녀의 남편이 이른봄에 돌아갈 예정이라 딸 마저리는 스위스의 학교에 남아 있었다. 삼월이라고, 클레어는 생각했다. "생각만 해도 너무 싫어!" 그녀는 언제나 속박에서 벗어나고픈 사람처럼 말하곤 했다. "하지만 어떻게 빠져나가야 할지 모르겠어. 잭은 여기에 남겠다는 내 말은 들으려고도 안 해. 단 몇 달만이라도 뉴욕에 머물 수 있다면, 혼자서 말이야. 그럼 세상에서 나보다 행복한 사람이 없을 텐데."

"일단 여길 떠나면 충분히 행복해질 것 같은데." 하루는 클레어가 출국이 다가오는 것을 슬퍼하자 아이린이 말했다. "잊지 마. 마저리가 있잖아. 생각해봐, 이렇게 오랜만에 그애를 만나면 얼마나 기쁘겠니."

"자식이 다는 아니잖아." 클레어 켄드리의 대답이었다. "세상에는 다른 일들도 있어. 그걸 의심하지 않는 사람들도 있는 것 같지만 말이야." 그리고 웃었다. 자신의 말보다는 어떤 내밀한 농담을 즐기는 웃음처럼 보였다.

아이린이 대꾸했다. "너도 그렇게 생각하는 건 아니잖아, 클레어. 단지 날 놀리려는 거지. 내가 엄마 노릇에 상당히 진지하다는 걸, 나도 잘 알아. 나는 아들들과 집안일에 잡혀 살아. 어쩔 수가 없어. 그리고 정말, 그게 비웃을 일인지는 모르겠다." 그리고 그녀는 자신의 말과 태도가 약간 새침하다고 느꼈지만, 그것을 지울 힘도 그러고 싶은 마음도 없었다.

클레어가 갑자기 정신을 차린 듯 상냥하게 말했다. "네 말이 맞아. 비웃을 일이 아니지. 너를 놀리려고 한 내가 부끄럽다, 린. 넌 정말 착해." 그러고는 손을 내밀어 아이린의 손을 다정하게 잡았다. "무슨 일이 있어도 난," 그녀가 덧붙였다. "네가 나에게 얼마나 잘해줬는지 결코 잊지 않을 거야."

"시시한 소리!"

"아, 하지만 넌 그래, 그렇다고. 난 너처럼 올바른 인격과 책임감을 갖고 있지 않아. 그래서 이렇게 사는 거고."

"얘가 이상한 소리를 하네."

"하지만 사실인걸, 린. 넌 내가 너와 조금도 닮은 면이 없다는 걸 모르겠니? 난 원하는 걸 얻기 위해서라면 뭐든 할 만큼 못됐어. 사람에게 상처를 주고, 모든 걸 던져버릴 수 있다고. 정말, 린, 난 안전하지 않아." 그녀의 표정은 물론 목소리마저 애원하듯 진지해서 아이린은 알 수 없는 불안감을 느꼈다.

아이린이 말했다. "난 그 말 안 믿어. 우선 네가 하는 말은 아주 완전히, 부정적이고 틀린 말이야. 그리고 네가 포기한다는 것이……" 클레어의 타고난 소유욕을 묘사할 적당한 말을 찾지 못했으므로 그녀는 당황해서 말을 멈췄다.

그러나 클레어 켄드리는 아이린은 알 수 없는 이유로, 참으려는 노력도 없이 큰 소리로 울기 시작했다.

3부

피날레

1

한 해가 저물고 있었다. 시월, 십일월이 지나갔다. 십이월로 접어들어 눈이 조금 왔고, 그다음에는 서리가 내렸고, 이후로 날이 풀리며 봄처럼 포근하고 화창한 날들이 계속됐다.

7번 애비뉴를 벗어나 집 근처로 걸어가며 아이린 레드필드는 전혀 크리스마스답지 않은 따뜻한 날씨라고 생각했다. 그녀는 쨍하게 춥거나 눈이 올 것처럼 어둡고 흐려야 할 때에 봄처럼 따뜻한 것이 마음에 들지 않았다. 날씨도 사람들처럼 계절의 영혼 속으로 들어가야 했다. 휴일이 코앞으로 다가왔고, 그녀가 걸어온 길에는 흙탕물이 도랑처럼 흘렀다. 햇살이 너무 따뜻해 아이들은 모자와 목도리를 벗었다. 마치 사월처럼 모든 것이 부드러웠다. 부활절 날씨라면 모를까 확실히 크리스마스 날씨는 아니었다.

그녀 자신도 올해는 크리스마스 기분이 나지 않는다는 걸 못내 인정했다. 그러나 날씨처럼 그것도 어쩔 수 없는 듯 보였다. 그녀는 피곤했고 우울했다. 그리고 아무리 노력해도, 점점 집요하게 그녀를 옭아매는 그 지겹고 막연히 비참한 기분에서 헤어날 수 없었다. 집을 나설 구실로 꽃가게에 들러 꽃을 주문하고서도 한참 동안, 활기 넘치는 할렘의 거리들을 아침마다 정처없이 떠도는 것도 그런 기분에서 벗어나려는 노력 중 하나일 뿐이었다.

그녀는 문 앞의 크림색 계단을 밟고 집으로 들어가 부엌으로 갔다. 사람들이 차를 마시러 올 예정이었다. 그러나 사디, 줄리나와 몇 마디 주고받고 나니 더 신경쓸 게 없었다. 고마운 일이었다. 그녀는 방해받고 싶지 않았다. 위층으로 올라가 옷을 벗고 침대에 누웠다.

그녀는 생각했다. '귀찮게 차를 마시러들 온다고!'

그녀는 생각했다. '근본적으로 그저 브라질 때문이라고, 그렇게 확신할 수만 있다면.'

그녀는 생각했다. '뭐가 됐든 뭔지 알 수만 있다면, 어떻게 해볼 수 있을 텐데.'

다시 브라이언. 그는 불행했고, 불안했고, 자기 안에 틀어박혔다. 그의 상태를, 그 이유와 치유책을 안다고 그토록 자부했던 그녀는 이전의 발작적인 불안 증세와 너무나 비슷하면서도 너무나 다른 이번 경우를 이해할 수도, 규정할 수도 없었다. 처음엔 상상할 수 없는 일이라 생각했고, 그러고 나서는 참기 힘들었다.

그는 초조해하기도 했고 초조해하지 않기도 했다. 불만에 차 있다가도 어떤 때는 마치 크림을 훔쳐먹은 고양이처럼 강렬하고 은밀한 만족감에 빠져 있는 듯 보이기도 했다. 그는 아들들에게, 특히 주니어에게 성질을 부렸다. 테드는 아버지의 기분이 안 좋은 때를 귀신같이 알아채고 그럴 때는 가능한 한 그를 피했다. 아이들에 대한 그의 교육 방침을 담고 있기도 한 평소의 부드럽고 냉소적인 말투와는 매우 다르게, 그는 아이들에게 신경질을 내고 불같이 화를 냈다. 반면 그녀에게는 평소보다 더 배려하고 자제했다. 그리고 몇 주째 그의 반어적 화법에는 날이 선 느낌이 들지 않았다.

그는 때를 정해두고 기다리는 남자 같았다. 하지만 뭘 기다리는 걸까? 그의 마음을 정확히 짚어내며 그렇게 오랜 세월을 함께 보내고 나서 기다림의 정체를 알아낼 능력이 없다는 것은 기막힌 일이었다. 유심히 지켜보며 끈기 있게 분석해도, 그의 변덕스러운 기분을 파악할 수 없음을 알고 그녀는 불길한 예감에 휩싸였다. 그의 조심스럽고 유보적인 태도가 그녀에게는 부당해 보였다. 야속하고 걱정스러웠다. 그가 마치 그녀를 벗어나 장벽 저편의 낯선 곳으로, 그녀가 다가갈 수 없는 영역으로 이탈한 것 같았다.

그녀는 눈을 감으며 아이들이 학교에서 돌아오기 전에 잠깐 눈을 붙일 수 있다면 얼마나 좋을까 생각했다. 물론, 그러지 못했다. 최근 들어 잠 못 이룬 밤이 많아 피곤했음에도. 질문과 불길한 예감으로 가득한 밤들.

그러나 그녀는 정말 잠이 들었다—몇 시간이나.

잠에서 깨었을 때 브라이언이 침대 옆에 서서 알 수 없는 표정으로 그녀를 내려다보고 있었다.

그녀가 말했다. "깜빡 잠이 들었나봐." 그리고 그의 얼굴에 여느 때의 장난기어린 미소가 스쳐가는 것을 보았다.

"곧 네시인데." 그녀가 또 지각할 것이라는 투였다.

그녀는 즉답을 피하고 대신 이렇게 말했다. "금방 일어날게. 깨워줘서 고마워." 그녀는 일어나 앉았다.

그는 몸을 숙여 인사했다. "보다시피, 언제나 자상한 남편입니다."

"네, 정말요. 다행히 준비는 끝났습니다."

"당신만 빼고. 아, 그리고 클레어가 아래층에 와 있어."

"클레어라니! 귀찮게! 난 초대 안 했는데. 일부러."

"알아. 남자 주제에 왜냐고 물어봐도 되나? 아니면 그건 남자들은 모를 너무도 미묘한 여성스러운 이유에서일까?"

그가 다시 살짝 미소를 지었다. 그의 익숙한 장난기에 아이린은 우울함을 다소 떨쳐내기 시작하며 거의 쾌활하게 말했다. "전혀. 이번 파티는 어쩌다보니 휴를 위한 파티가 되었고, 휴는 또 어쩌다보니 클레어에게 별로 관심이 없는 것 같아서 그런 것뿐이야. 그래서 파티의 주최자인 내가 어쩌다보니 그녀를 초대하지 않은 것뿐이지. 정말 간단하지. 안 그래?"

"그래. 당신의 간단한 설명을 듣고 보니 그런 것 같군. 클레어가 아마도 휴에게 그의 기대에 부응하는 존경심을 보이지 않았나보군. 그야말로 세상에서 제일 간단한 일이지."

아이린이 놀라서 외쳤다. "뭐야, 난 당신이 휴를 좋아한다고 생각했는데! 그럴 리가, 그런 바보 같은 말을 믿다니, 그럴 수 없어!"

"음, 휴는 자신이 신이라고 생각하잖아."

"그건," 아이린이 침대에서 일어나며 분명히 말했다. "전혀 사실이 아니야. 그를 알고 그의 글을 읽었으니 당신도 짐작하겠지만, 그는 자신이 신보다 더 낫다고 생각한다고. 그가 신을 얼마나 하찮게 여기는지 당신이 기억한다면 그런 엉뚱한 실수는 하지 않겠지."

그녀는 옷장으로 걸어가 필요한 것들을 꺼내 의자 등받이에 걸쳐놓은 후 신발을 그 옆 바닥에 두었다. 그리고 화장대 앞에 앉았다.

브라이언은 아무 말도 하지 않았다. 그는 계속 침대 옆에 서 있었고, 특별히 무언가를 쳐다보지도 않았다. 여하튼 그녀를 바라보는 것은 아니었다. 시선은 그녀에게 머물렀으나, 순간 무엇 때문인지 그녀는 스스로가 그의 시선이 통과하는 유리막에 불과한 것처럼 느껴졌다. 어딜 보는 거지? 알 수 없고, 추측할 수도 없었다. 그것이 그녀를 거북하고 기분 상하게 했다.

그녀가 말했다. "휴는 우연히도 똑똑한 여자들에게 끌리더군."

브라이언은 분명 충격을 받은 듯했다. "당신 지금 클레어가 어리석다고 말하려는 건가?" 그가 눈썹을 치켜세우고 자못 의심스럽다는 목소리로 물었다.

그녀가 얼굴의 콜드크림을 닦아내고 나서 말했다. "아니, 그럴 리가. 클레어는 어리석지 않아. 충분히 영리하지, 아주 여성적인 방식으로 말이야. 18세기 프랑스라면 그녀에게 완벽한 무대가 돼주었을 텐데. 흑인으로 잘못 태어나지만 않았다면, 옛 남부도 그랬을 거고."

"알겠어. 꽉 죄는 코르셋을 입고서, 듣기 좋은 말들을 속살거리며 떨어뜨린 부채를 주워주는 구혼자들을 관리할 만큼은 영리하다는 거군. 예쁜 그림이긴 하네. 그래도 여하튼 말에 가시가 박혀 있는걸."

"뭐, 그렇게 들렸다면 당신이 잘못 받아들였다고 말할밖에. 클레어의 꾸미는 재주는 물론 그애 특유의 영리함을 나보다 더 알아주는 사람은 없을 테니까. 하지만 클레어는 안 그런…… 그렇지 않고…… 그렇지 않았고…… 아, 설명을 못하겠어. 예를 들어 비앙카를 봐. 아니면 같은 인종 안에서 보자면, 펠리스 프릴랜드를. 외모면 외모 그리고 지성이면 지성. 누구와 있든 자신을 지킬 수 있는 진짜 두뇌 말이야. 클레어에게도 써먹을 만한 두뇌는 있지. 있잖아, 뭘 얻고자 할 때 유용한 그런 것. 그녀는 휴 같은 사람에게는 못 견디게 지루할걸. 여하튼 난 클레어가 초대받지도 않은 사적인 파티에 나타날 줄은 몰랐어. 하지만, 그게 그녀다워."

잠시 침묵이 흘렀다. 그녀는 도톰한 입술 선의 안쪽을 밝은 빨간색으로 칠했다. 브라이언이 문가로 향했다. 그가 문손잡이를 잡고 말했다. "미안해, 아이린. 그건 전적으로 내 잘못이야. 클레어가 초대받지 않았다고 너무 상심하길래 내가 그랬어. 당신이 잊은 게 분명하니 그냥 오라고."

아이린이 소리를 질렀다. "하지만 브라이언, 난—" 그리고 솟구치는 분노에 놀라 말을 멈췄다.

브라이언이 고개를 돌리며 어깨를 으쓱해 보였다. 이상한 반응에 놀랐다는 듯 그의 눈썹이 치켜올라갔다.

그랬다. 그녀의 목소리가 이상하기는 했다. 그러나 그녀는 그의 태도가 온전히 그 이유 때문만은 아님을 직감했다. 어깨에 힘이 들어가던 그의 동작. 그건 마치 공격에 대비해 스스로를 가다듬는 남자의 모습이 아니었나? 두려움이 공포의 주홍색 창처럼 심장을 겨누는 듯했다.

클레어 켄드리! 그랬어! 그럴 리가. 있을 수 없는 일이야.

여전히 놀란 듯 그녀를 바라보는 그의 모습이 거울에 보였다. 그녀는 화장대 위의 꽃병들과 화장품 용기들을 내려다보며, 떨리는 손으로 그것들을 만지작거리기 시작했다.

"물론 기쁘지." 그녀가 정신을 가다듬고 말했다. "당신이 그래줘서. 그리고 내가 조금 전에 한 말들과 상관없이 클레어는 어느 파티든 분위기를 살려주고. 누가 봐도 예쁘니까."

그녀가 다시 바라보았을 때 그의 얼굴에 나타났던 놀라움과 긴장된 몸짓은 사라진 후였다.

"그래." 그가 동의했다. "난 가봐야겠어. 적어도 우리 둘 중 하나는 아래층에 있어야 할 거 아냐."

"맞아. 한 사람은 그래야지." 그녀는 보통 때와 다름없는 자신의 어조에 놀랐다. 저 묵직하고 막연한 두려움이 돌연 날카로운 공포로 변해 가슴을 짓누르고 있음에도. "나도 곧 내려갈게." 그녀가 말했다.

"알았어." 그럼에도 그는 여전히 주춤했다. "진짜 괜찮은 거야? 내가 클레어를 초대해서 불편한 건 아니지? 내 말은, 몹시 언짢다거나 한 건 아닌 거지? 이제 보니 당신이랑 먼저 상의할 걸 그랬어. 여자들은 뭐든 자기들만의 이유가 있는데 말이지."

그녀는 그에게 어렵사리 옅은 미소를 지어 보인 다음 몸을 돌렸다. 클레어! 정말 넌더리 나!

그녀는 아무렇지 않게 들리도록 애쓰며 말했다. "응, 그렇지?" 그녀는 감정이 사라지지 않고 억눌린 채 굳어가는 것을 느꼈다. 그 굳은 감정이 솟아올라 부풀고 있었다. 왜 안 가는 거야? 왜?

드디어 그가 문을 열었다. "당신 오래 안 걸리지?" 그가 타이르듯 물었다.

그녀는 말을 잇지 못해 고개를 저었다. 목이 잠기고, 머릿속에서 새가 거칠게 날개를 푸드덕거리는 듯 혼란스러웠다. 등뒤에서 그가 돌아서며 조용히 문을 닫는 소리가 났고, 그녀는 그가 갔음을 알았다. 아래층의 클레어에게로.

그녀는 한참 동안 그대로 굳어 그곳에 앉아 있었다. 어지럽던 그녀의 머릿속을 돌연 스쳐간 그 어떤 것으로 인해, 거울 속 얼굴은 그녀의 시야에서 사라졌다. 그녀는 그것을 즉각 구체적인 말로 표현할 수 없었다. 어떤 자기 보호 본능에서 그녀는 정확한 표현으로부터 한발 물러났다.

그녀는 멍하니 뜨고 있던 눈을 감고 주먹을 꽉 쥐었다. 울지 않으려 애썼다. 이를 악물고 참아도 분노와 수치심 때문에 터져나온 뜨거운 눈물이 뺨을 타고 흘러내리는 것을 막지 못했다. 그녀는 팔에 얼굴을 묻고 숨죽여 울었다.

다 울었다는 확신이 들자 그녀는 남아 있는 따뜻한 눈물을 닦고 일어섰다. 차갑고 시원한 물로 부은 얼굴을 씻고 톡톡 쏘는 화장수를 조심스레 두드려 바른 다음 거울 앞으로 돌아가서 자신의 모습을 차분히 바라보았다. 울었던 흔적이 남지 않은 것을 확인하고 자신의 검기도 하고 희기도 한 얼굴에 파우더를 조금 발랐다. 그리고 비웃음 섞인 경멸감을 느끼며 다시 꼼꼼히 살폈다.

"내 생각에," 거울 속의 모습을 보며 그녀가 말했다. "너는 어딘지—아, 아주 몹시—지독한 바보였어."

아래층에서는 차 접대로 한동안 분주했고, 그녀는 그래서 다행이라고 생각했다. 틈이 나면 당장 끔찍한 생각으로 되돌아갈 텐데, 아직은 그 공포와 마주할 용기가 나지 않았다. 격식에 맞게 정성껏 차를 따르는 것은 조화로운 상태에서 집중을 요하는 일이었다.

옆방에서 시계가 울렸다. 단 한 번의 울림. 다섯시 십오분. 아직 겨우! 그럼에도 삼십 분이라는 짧은 시간 안에 삶은 달라졌고, 그 빛깔, 그 활기, 그 모든 의미가 사라졌다. 아니, 돌이켜보면 그런 일이 일어난 건 아니었다. 그녀를 둘러싼 삶은 겉보기에는 전과 다름없이 계속되고 있었다.

"아, 러니언 부인…… 너무 반가워요…… 둘이요?…… 정말이요?…… 어머나 근사해라!…… 예, 화요일이 좋을 것 같아요……"

그래, 삶은 전과 똑같이 계속되었다. 달라진 것은 그녀 자신뿐이었다. 우연히 마주한 사실이 그녀를 바꿔놓았다. 오랫동안 희미한 그림자들로 가득하던 어두운 방에 성냥불이 켜지며 끔찍한 형체들을 낱낱이 보여준 듯했다.

수다, 수다, 수다. 누군가 그녀에게 질문했다. 그녀는 자신의 굳은 미소를 의식하며 올려다보았다.

"네…… 브라이언이 작년 겨울에 아이티에서 사왔어요. 으스스하니 이상하죠?…… 네, 나름 그 섬뜩한 게 오히려 매력인 것 같아요…… 사실 얼마 안 했어요, 제가 보기엔. 몇 센트……"

섬뜩했다. 크나큰 피로감이 그녀를 덮쳐왔다. 오래된 얇은 잔에 황금빛으로 우려낸 차를 따르는 작은 수고조차 너무 버겁게 느껴졌다. 그녀는 계속해서 차를 따랐다. 반복해서 미소 지었다. 질문들에 대답했다. 형식적인 대화들. 그러면서 그녀는 생각했다. '가장 긴 삶의 길을 앞에

둔, 가장 늙은 사람이 된 기분이야.'

"조지핀 베이커요?…… 아뇨. 본 적이 없는데요…… 가만, 〈셔플 얼롱〉에서 봤던가. 봤다 해도 기억나지 않아요…… 아, 하지만 당신이 틀렸어요…… 난 에설 워터스가 굉장히 좋더라고요……"

얇은 찻잔에 스푼이 부딪힐 때 들려오는 친숙한 작은 울림들, 이따금 웃음이 터져나오며 멈추곤 하는 가벼운 대화들. 손님들은 정해지지 않은 작은 그룹들로 흩어졌다 모이며 적당한 부조화와 무질서를 만들어냈다. 그들은 아이린이 조촐한 느낌으로 단순하게 꾸민 너른 방에서 부담 없이 친숙한 분위기를 만들어내며 파티를 성공적으로 이끌었고, 지는 해가 바닥과 벽에 길고 환상적인 그림자를 드리웠다.

티파티는 그녀가 지금까지 열어온 다른 수많은 파티들과 매우 비슷했다. 그러면서도 또다른 파티들과는 너무 달랐다. 그러나 아직은 생각할 필요가 없었다. 나중에도 시간은 충분했다. 한순간 그 말들이 어떤 전조가 될 것인가 하는 생각이 그녀의 머릿속을 섬광처럼 스쳐갔다. 브라이언과 보낸 시간. 그가 없는 시간. 머릿속이 하얘지며, 그 대신 웃고, 소리지르고, 물건을 던지고 싶은 충동을 참을 수 없었다. 그녀는 갑자기 사람들에게 충격을 주고, 상처를 입히고, 주목을 끌고, 자신의 고통을 알리고 싶었다.

"안녕, 데이브…… 펠리스…… 정말이지, 당신 옷 때문에 할렘의 여자들이 절반은 절망에 빠지겠어요…… 비결이 뭔가요?…… 예뻐라, 이거 워스 아니면 랑방인가요?…… 아, 그냥 바바니……"

"그냥 바바니 맞아요." 펠리스 프릴랜드가 확인해주었다. "아이린, 속 시원히 말해봐요. 표정이 꼭 〈햄릿〉의 무덤 일꾼 동료 같잖아요."

"알려줘서 고마워요, 펠리스. 컨디션이 별로인가봐요. 아마도, 날씨 때문인지."

"비싼 드레스 한 벌 사봐요, 린. 언제나 도움이 돼요. 내가 울적할 때면 데이브의 주머니에서 돈이 나간다는 말이죠. 아이들은 잘 지내요?"

아이들! 예외적으로 아이린은 그들을 잊고 있었다.

그녀가 아이들은 매우 잘 지낸다고 말했다. 펠리스는 아 다행이네요, 비슷한 말을 중얼거리더니 빨리 움직여봐야겠다고 말했다. 놀랍게도, 벨루 부인이 혼자 앉아 있기 때문이었다. "난 오늘 오후 내내 저이가 혼자 되기만을 노리고 있었거든요. 파티에 초대하고 싶어서요. 저분 오늘 정말 너무 예쁘지 않아요?"

그랬다. 클레어는 아이린이 기억하는 그 어느 때보다 예뻐 보였다. 극도로 절제된 시나몬 브라운 색의 드레스가 그녀의 생기 넘치는 아름다움을 부각시켰고 머리에는 작고 동그란 금빛 모자를 쓰고 있었다. 목에는 아이린이 가진 것 같은 목걸이를 여섯 개 내지 여덟 개는 만들 만큼 구슬이 촘촘한 호박 목걸이를 걸고 있었다. 그래, 그녀는 너무 예뻤다.

잔잔한 대화가 계속 흘렀다. 벽난로의 불은 활활 타올랐다. 그림자들은 더 길게 늘어졌다.

방 건너편에 휴가 서 있었다. 아이린은 그가 너무 지루하지 않기를 바랐다. 그는 언제나처럼 약간 거리를 두고, 다소 즐기는 듯하면서 어딘지 지쳐 보였다. 그리고 평소처럼 책꽂이 앞을 서성거렸다. 그러나 그가 책꽂이에서 고른 책을 보고 있지 않다는 것을 아이린은 알아차렸다. 그의 흐린 호박색 눈동자는 방 건너편에 있는 뭔가에 붙들려 있었다. 그의 눈동자에서 경멸이 엿보였다. 그래, 휴는 클레어 켄드리에게 관심을 가진 적이 없었지. 아이린은 휴가 누구를 바라보는지 확인하고도 잠시 주저하다 고개를 돌렸다. 갑작스레 나타나 그녀의 나날에 구름을 드리운 클레어. 그리고 테드와 주니어의 아버지인 브라이언.

클레어의 상아색 얼굴은 언제나처럼 아름답고 애교가 넘쳤다. 어쩌면 오늘은 조금 가식적으로도 보였다. 아무것도 누설하지 않고, 안으로든 바깥으로든 감정에 방해받거나 휘둘리지 않는 얼굴. 브라이언의 얼굴은 아이린의 눈에 불쌍할 만큼 노골적이었다. 아니면 그의 얼굴도 언제나 저랬을까? 자신을 반쯤 숨기고 뭔가를 찾는 저 표정을 그가 항상 갖고 있었던가? 그녀가 그걸 모르다니, 기억할 수 없다니 이상했다. 그러고 나서 그의 미소를 보았다. 미소 짓는 그의 얼굴은 간절한 기대로 빛났다. 스스로의 명예를 지키고자 하는 어떤 내밀한 충동에 이끌려 그녀는 눈을 피했다. 그러나 잠깐뿐이었다. 그녀가 다시 그들이 있는 쪽으로 돌아섰을 때 그의 얼굴은 어느 때보다 우울하고 냉소적으로 보였다.

다음 십오 분 동안 그녀는 62번가에 사는 비앙카 웬트워스, 7번 애비뉴와 150번가 모퉁이에 사는 제인 테넌트, 그리고 브루클린에 사는 대실즈 부부와 같은 저녁 거의 같은 시간에 식사 약속을 잡았다.

아 그래서, 어쩌란 말인가? 그녀는 더는 아무 생각도 하지 않았고 엄청난 피로감만 느꼈다. 그녀의 피곤한 눈에 클레어 켄드리와 데이브 프릴랜드가 대화하는 모습이 보였다. 대화의 일부가, 클레어의 허스키한 목소리가 귀를 파고들었다. "……줄곧 당신을 존경했어요…… 벌써 오래전부터 당신에 대해 많이…… 다들 그러더군요…… 당신 말고는 누구도……" 그런 말들이 더 이어졌다. 그는 펠리스의 남편이며 분별력 있고 지독한 아이러니를 드러내는 장편소설을 쓴 작가이면서도 황홀한 듯 그런 말들을 듣고 있었다. 저런 터무니없는 소리에 홀딱 빠지다니! 모든 게 클레어가 지닌, 놀란 듯한 검은 눈동자 위로 상아색 눈꺼풀을 내리떴다가 갑자기 올려 뜨며 어루만지는 듯한 미소를 짓는 기교 때문이었다. 데이브 프릴랜드 같은 남자들은 거기 빠져들었다. 그리고 브라이언도.

아이린의 몸과 마음에서 피곤함이 점차 사라졌다. 브라이언. 이건 무슨 의미지? 그녀와 아이들에게 어떤 영향이 있을까? 아이들! 안도감이 밀려왔다. 그리고 썰물처럼 빠져나갔다. 절대적으로 중요하지 않다는 느낌이 뒤따랐다. 실제로, 그녀는 중요한 존재가 아니었다. 그녀는 그에게 그저 아이들의 엄마일 뿐이었다. 그게 다였다. 그녀 혼자서는 아무것도 아니었다. 그보다 못한 장애물이었다.

그녀 안에서 분노가 끓어올랐다.

가볍게 뭔가 깨지는 소리가 났다. 그녀의 발 주변에 부서진 찻잔 조각이 흩어져 있었다. 밝은 양탄자에 진한 얼룩이 도드라졌다. 번져갔다. 수다 소리가 별안간 멈췄다. 다시 이어졌다. 그녀 앞에서 줄리나가 하얀 파편들을 모아 치우고 있었다.

멀리서 웬트워스의 나지막한 목소리가 들리나 싶었는데 신기하게도 그는 바로 그녀의 곁에 있었다. "미안해요." 그가 사과했다. "내가 당신을 민 것 같아요. 조심성 없이. 다시 구할 수도 없는 귀한 물건이란 말은 말아줘요."

아팠다. 맙소사! 이렇게 아플 수가! 그러나 지금 그녀는 그런 생각을 할 수 없었다. 휴가 거기 앉아 거짓말과 사과의 말을 중얼거리는 동안에는 아니었다. 그의 말이 갖는 의미심장함, 사태 파악 능력이 그녀 안의 조심성을 일깨웠다. 그녀의 자존심이 반발했다. 빌어먹을 휴! 그를 어떻게 해야 했다. 당장 그가 아는 것은 어쩔 수 없을 듯했다. 이미 늦은 일이었다. 그러나 적어도 그에게 아이린 자신이 그 사실을 안다는 것만큼은 숨길 수 있었고 그렇게 할 터였다. 그녀는 그럴 수 있었고, 견뎌낼 것이었다. 그래야만 했다. 아이들이 있었다. 그녀의 온몸이 긴장으로 굳었다. 그리고 이제 그녀는 자신이 모든 것을 견뎌낼 수 있음을 알았다. 그러나 그녀가 뭔가를 견뎌야 한다는 것을 아무도 모르는 한에서였다. 아팠다. 두렵지만 견딜 수 있을 것이다.

그녀는 휴에게로 돌아서며 고개를 저었다. 순진한 검은 눈으로 휴의 걱정스러운 흐릿한 눈을 올려다보았다. "오, 아니에요." 그녀가 이의를 제기했다. "당신이 저를 민 게 아니에요. 맹세해요. 어떻게 된 일인지 말해줄게요."

"맹세했어요!"

"그 잔 봤죠? 운이 좋았어요. 그건 당신의 친애하는 조상들인 남부군이 소유했던 것 중에서 가장 볼품없는 것 중 하나였어요. 브라이언의 몇천 년 전 증-증-종조부 것이었는지 생각도 안 나네요. 유구한 역사가 담긴 거죠. 아니 담겨 있었죠. 지하철도로 운반된 거예요. 아, 그래요! 원한다면 영국식으로 언더그라운드라고 하죠. 아무튼 난 오 분 전까지만 해도 그걸 없앨 방법을 알지 못했어요. 이제 영감을 얻었네요. 그냥 깨버리면 되는 거였어요. 그러면 영원히 없앨 수 있는 거죠. 그렇게 간단하게! 그 생각은 못해봤네요."

고개를 끄덕이는 휴의 얼굴에 차가운 미소가 번졌다. 그녀가 그에게 확신을 주었을까?

"그럼에도," 그녀가 조금 웃으며, 전혀 억지스럽지 않다고 확신하며 말을 이었다. "당신이 실수로 날 밀었다는 걸 인정하고 비난을 받겠다는 의도는 기꺼이 받아들이겠어요. 우리가 지은 죄를 감당할 때 돕지 않는 친구라면 친구가 무슨 소용이 있나요? 브라이언에게는 여하튼 당신 잘못이라고 해둘게요."

"차 더 마시겠니, 클레어?…… 너하고 잠시도 얘기를 못 나눴네…… 그래, 파티 분위기 좋다…… 네가 저녁식사 때까지 남아 있으면 좋을 텐데…… 아, 저런!…… 나랑 아이들만 있을 거라…… 아이들이 아쉬워하겠다. 브라이언은 의학 세미나인지 뭐 그런 게 있어서…… 네가 입은 드레스 예쁘다…… 고맙지만…… 그래, 잘 가. 조만간 또 보자."

시계 소리가 울렸다. 하나, 둘, 셋, 넷, 다섯, 여섯. 티파티에 내려온 지 한 시간밖에 흐르지 않았다는 말인가? 겨우 한 시간이라니.

"가야 해요?…… 잘 가요…… 정말 고마워요…… 만나서 반가웠어요…… 네, 수요일에…… 마지에게 안부를…… 미안하지만, 화요일에는 약속이 꽉 차서…… 아, 정말요?…… 네…… 또 봐요…… 안녕……"

아팠다. 너무도 아팠다. 그러나 아무도 모르는 한, 상관없었다. 모든 것이 이전과 똑같이 계속될 수만 있다면. 아이들이 안전할 수만 있다면.

아팠다.

그러나 상관없었다.

2

그러나 상관있었다. 그것은 이전의 어떤 것보다 더 상관이 있었다.

얼마나 쓰라린지! 그녀가 가졌던 단 하나의 두려움, 단 하나의 불안, 어딘가 다른 곳으로 떠나길 원하는 브라이언의 충동이 그렇게 유치하고 하찮은 것으로 쪼그라들다니! 더불어 그에 맞섰던 자신의 용기와 결의까지도 품위를 잃었다. 지금 그녀의 눈에 보이는 모습들과 위험들로부터 그녀는 무르춤했다. 그에 맞설 대책도 용기도 없었다. 머릿속에서 소용돌이가 일어도 그것들을 가라앉히거나 잠재울 힘이 그녀에게는 없었다. 그녀는 자신이 알게 된 것들을 몰아내기 위해 필사적으로 노력했다. 그리고 반쯤은 성공했다.

그녀가 합리적으로 판단했기 때문이었다. 무엇이 있었나? 그녀를 괴롭히는 상상을 절반이라도 입증하는 일들이 있었나? 아무것도 없었다. 그녀는 아무것도 보지 못했고 듣지 못했다. 어떤 유의미한 사실도 증거도 없었다. 근거 없는 의심으로 스스로를 끝없이 비참하게 만들 뿐이었다. 그것은 문제점을 찾다보니 많은 것들이 문제로 보이는 그런 경우였다. 그뿐이었다.

실제로 알고 있는 건 없다는 자기 확신을 주며 그녀는 클레어와 브라이언을 떠올릴 때마다 뒤따르는, 신뢰는 깨지고 믿음은 배신당했다는 생각을 머릿속에서 몰아내기 위해 배로 노력을 기울였다. 그녀는 이제 막 뒤로한 찢어지는 아픔을 또다시 반복할 수도 없고, 그러지도 않을 것이었다.

그녀는 공평해야 한다고 스스로에게 말했다. 결혼생활 내내 그녀는 남편의 배신을, 심지어 가벼운 바람기마저도 의심할 이유가 전혀 없었다. 만일—역시 그럴 리가 없는 듯하지만—그가 밖에서 정도를 벗어나는 짓을 했다 쳐도 그녀는 아는 바가 없었다. 왜 지금 그런 의심을 하나? 그것은 다만 그가 친구를, 그녀의 친구를 집에서 열리는 파티에 초대했다는 말을 들은 순간 그녀의 마음속에 뛰어든 어떤 생각 때문이었다. 그 이상 구체적인 것은 아무것도 없었다. 그것도 아직 잠이 덜 깬 상태에서 들은 소리였다. 아무 일도 없고 아무 말도 없는 상태에서, 어떤 행동을 했거나 무슨 말을 한 것도 아닌데, 어째서 그녀는 그토록 쉽게 그가 죄를 지었다고 믿는 것일까? 어떻게 그렇게 준비된 듯 그들이 함께 쌓아온 삶의 가치에 대한 믿음을 포기할 수 있었을까?

그리고 만일, 혹시나 사소한 뭔가가 있다 해도—그래, 그게 무슨 의미란 말인가? 아무것도 아니다. 아이들이 있었다. 존 벨루가 있었다. 이 세 존재에 대한 생각이 그녀를 얼마간 안심시켰다. 그러나 미래를 마주볼 수 없었다. 아무것도 느끼고 싶지 않았고, 생각하고 싶지 않았다. 이 모든 것이 그녀의 어리석은 착각이었다고, 단순히 믿고 싶었다. 그러나 그녀는 그럴 수 없었다. 그런 것만은 아니었다.

비현실성, 분주함, 거짓 흥겨움을 동반한 크리스마스가 왔다 갔다. 아이린은 계절이 주는 어수선함이 고마웠다. 그 지루함, 그 인파, 그 공허하고 겉치레로 반복되는 친절한 말들이 그녀와 그녀의 커져가는 불행에 대한 상념 사이에 얼마간 틈을 만들어주었다.

그녀는 클레어가 계속 나타나지 않는 것도 고마웠다. 존 벨루가 캐나다에서 장기체류를 마치고 돌아오자 클레어는 멀고 가까이하기 힘든 그녀의 또다른 삶으로 퇴장했다. 그러나 클레어가 부재하면서도 여전히 가까이에 실재한다는, 피하고 싶은 망상이 아이린의 머릿속 감옥을 둘러싼 벽을 두드렸다.

브라이언도 자기 안에 틀어박혔다. 집은 그의 외적인 자아와 소유물들을 담고 있었다. 그는 평소처럼 소리 없이 불규칙하게 오갔다. 테이블에서는 그녀와 마주보고 앉았다. 밤에는 그녀의 옆에서 잤다. 그러나 그는 멀리 있었고 다가갈 수 없었다. 아무것도 달라진 것이 없는 듯 행복한 척을 해도 소용없었다. 그도 이전의 그가 아니었고, 모든 것이 달라져 있었다. 그녀는 이 모든 게 클레어 때문만은 아니라고 스스로를 설득했다. 그의 오랜 갈망이 또다시 표면으로 떠오른 것이 분명했다.

그러나 그녀는 봄이 되기를 손꼽아 기다렸다. 삼월이 오기를, 그래서 클레어가 그녀와 브라이언의 삶에서 떠나주기를. 이제는 그들 두 사람 사이에 단지 넓은 의미의 우정만이 존재할 뿐이라고 거의 믿게 되었지만, 그녀는 클레어 켄드리에게 심한 염증을 느꼈다. 아이린은 클레어와 그녀의 은밀한 드나듦으로부터 벗어나고 싶었다. 제발 무슨 일이든 일어났으면, 존 벨루가 더 일찍 떠나기로 한다든가, 클레어를 떼어낼 수 있는 어떤 일이라도. 무엇이든 상관없었다. 심지어 클레어의 딸 마저리가 병에 걸리거나 죽는다 해도. 벨루에게 발각이 난다 해도—

그녀는 날카롭고 가쁜 숨을 들이쉬었다. 그리고 무릎에 놓인 손을 바라보며 오랫동안 앉아 있었다. 이상하게도 그녀는 클레어를 자신의 삶에서 얼마나 쉽게 몰아낼 수 있는지 미처 깨닫지 못했다! 존 벨루에게 말만 하면 되는데. 그의 아내가—아니. 그건 아니다! 하지만 그가 할렘의 방문에 대해 알게 된다면—왜 그녀가 망설여야 하나? 왜 클레어를 감싸주나?

그러나 그녀는 그 남자, 클레어 켄드리의 백인 남편에게 아내가 흑인임을 의심할 만한 어떤 말을 한다는 생각에 움찔했다. 편지를 쓰거나 전화를 걸어 그 사실을 알려준다든가 그에게 말을 전할 만한 사람에게 이야기할 수도 없었다.

그녀는 다르지만 같은 종류의 두 신의 사이에 붙들려 있었다. 그녀 자신. 그녀의 인종. 인종! 그녀를 구속하고 억누르는 것. 어떤 조치를 취하든 전혀 취하지 않든 뭔가는 무너질 것이다. 개인 또는 인종. 클레어, 그녀 자신, 또는 인종. 아니면 그 셋 모두. 이보다 더 완벽하게 반어적인 일은 없을 거라고, 그녀는 생각했다.

벽난로 불빛이 아늑한, 조용한 거실에 홀로 앉아 아이린 레드필드는 태어나서 처음으로 흑인으로 태어나지 않았더라면 하고 바랐다. 인종의 부담을 무시할 수 없는 것이 처음으로 부담스럽고 원망스러웠다. 그녀는 조용히 부르짖었다. 인종 때문에 겪는 고통이 아니더라도 여자로서, 한 개인으로서, 스스로의 일만으로도 이미 충분한 고통을 겪고 있지 않느냐고. 너무도 비인간적이고 부당했다. 분명, 피부가 검은 함의 자손들만큼 저주받은 사람들은 없었다.

그런 일을 해내기에는 연약하고 소심했음에도 그녀의 타오르듯 간절한 바람은 막을 수 없었다. 아이린이 원하는 것은 존 벨루가 아내의 핏속에 검둥이 피가 섞여 있음을 발견하는 게 아니었다. 그녀는 어떤 식으로든, 그가 이 도시에 없는 동안 자기 아내가 줄곧 흑인들의 할렘에서 시간을 보낸다는 것을 그가 알게 되기를 바랐다. 그뿐이었다. 클레어 켄드리를 영원히 제거하는 데는 그것으로 충분했다.

3

그녀의 바람에 대한 응답처럼, 아이린은 바로 다음날 벨루와 마주쳤다.

그녀는 펠리스 프릴랜드와 시내로 쇼핑을 갔었다. 날이 유난히 추웠고 강한 바람이 불어 펠리스의 보드라운 금빛 뺨이 검붉게 달아올랐으며 아이린의 연갈색 눈에서는 눈물이 났다.

그들은 서로 꼭 붙은 채 바람이 불어오는 쪽으로 고개를 숙이고 애비뉴를 돌아 57번가로 접어들었다. 갑자기 돌풍이 불어와 그들을 모퉁이로 몰아갔고, 거기서 그들은 한 사내와 부딪혔다.

"죄송해요." 아이린이 웃는 얼굴로 사과하며 올려다보니 클레어 켄드리의 남편이 마주보고 있었다.

"레드필드 부인!"

그는 중절모를 벗고 손을 내밀며 친절하게 미소 지었다.

그러나 웃음기는 곧 사라졌다. 놀라움이, 믿을 수 없다는 표정이—이해했다는 뜻이었나?—그의 얼굴을 스쳐갔다.

아이린은 그가 아직 그녀와 팔짱을 끼고 있는, 곱슬곱슬한 흑인의 머리카락과 금빛 피부를 가진 펠리스를 의식하고 있다는 것을 알았다. 그리고 이제는 그녀와 펠리스를 차례로 돌아본 후에 그가 이해했다는 표정을 짓는 거라고 확신했다. 불쾌함에 대해서도.

그러나 그는 내민 손을 도로 집어넣지는 않았다. 당장은 아니었다.

하지만 아이린은 그 손을 잡지 않았다. 그를 알아본 순간 본능적으로 그녀의 얼굴은 가면처럼 굳었다. 그녀는 전혀 모르겠다는 표정으로,

약간 의아한 듯 그를 바라보았다. 그리고 여전히 손을 내민 채 서 있는 그를 바람둥이 대하듯 차갑게 훑어보며 펠리스를 이끌고 가던 길을 갔다.

펠리스는 천천히 말을 끄집어냈다. "오호라! 백인 행세를 하셨군요? 어쩌나, 이제 내가 다 망쳐놨으니."

"네, 유감이지만 그런 것 같아요."

"어쩌죠, 아이린 레드필드! 엄청 속상한 것 같은데요. 미안해라."

"그래요, 하지만 당신이 생각하는 그런 이유는 아니에요. 내 생각에, 난 레스토랑이나 극장 매표소라든가 그런 편의상의 이유를 빼고는 태어나서 한 번도 원래 백인인 양 행세해본 적이 없어요. 대외적으로는 결코, 그런 적 없었어요, 딱 한 번 예외가 있었지만. 당신은 지금 제가 백인 행세를 하고 만난 유일한 백인과 마주쳤던 거예요."

"미안해서 어쩌나. '네 죄가 정녕 너를 찾아내리니'*, 말해봐요."

"나도 그러고 싶네요. 당신도 재밌어할 얘기죠. 하지만 그럴 수 없어요."

펠리스의 웃음은 그녀의 침착한 목소리만큼이나 나른하고 무심했다. "그럴까요. 정직한 아이린이 어쩌다가—아, 저 외투 좀 봐요! 저기 저쪽에. 저 빨간 거요. 환상적이지 않아요?"

아이린은 생각하고 있었다. '나는 기회가 왔지만 잡지 않았어. 그저 그가 클레어의 남편이라고 가벼운 인사말과 함께 펠리스에게 소개만 하면 되는 거였는데. 그러기만 하면 됐는데. 바보. 바보.' 인종에 대한

---

* 「민수기」 32장 23절.

본능적인 신의. 어째서 자신은 거기서 벗어나지 못할까? 어째서 신의의 대상에 클레어를 포함시켜야 하나? 자신과 자신의 가족을 티끌만큼도 배려하지 않는 클레어를. 그녀가 느끼는 감정은 분노라기보다 무딘 절망에 가까웠다. 자신의 관점을 바꿀 수 없음을, 개인을 인종에서, 자신을 클레어로부터 떼어낼 수 없음을 알고 있었으므로.

"우리 그만 돌아가요, 펠리스. 피곤해서 쓰러지겠어요."

"왜요, 계획했던 일들을 반도 못 끝냈는데요."

"알아요. 하지만 시내를 두루 쏘다니기에는 너무 춥네요. 혼자라도 더 있으려면 있고요."

"난 좀더 있을래요. 당신만 괜찮다면."

그리고 아이린은 이제 또다른 문제와 마주쳤다. 그녀는 클레어에게 이 만남을 통보해야 했다. 그녀에게 주는 경고. 하지만 어떻게? 그녀를 며칠째 보지 못했다. 편지를 쓰거나 전화를 하는 것도 위험하기는 마찬가지였다. 그리고 그녀와 연락이 된다 해도 무슨 소용이 있을까? 벨루가 그 자신의 오해라고 결론짓지 않았다면, 그녀의 정체성을 확신했다면—그리고 그는 절대 어리석지 않았다—클레어에게 말한들 만남의 결과는 달라지지 않을 것이다. 게다가 너무 늦었다. 클레어 켄드리에게 다가올 일들이 무엇이든 그것은 이미 그녀를 앞질렀다.

아이린은 손가락 하나 까딱 않고, 말 한마디 없이 클레어를 제거하게 되었다는 생각에 안도감과 고마움을 느끼는 자신을 의식했다.

그러나 그녀는 브라이언에게 존 벨루와의 만남을 알리려고 했다.

그런데 그것이 불가능해 보였다. 이상했다. 뭔가 그녀를 가로막았다.

매번 이렇게 말을 꺼내려 했으나 입 밖으로 나오지 않았다. "오늘 시내에서 우연히 클레어의 남편을 만났어. 분명히 날 알아봤을 텐데, 펠리스가 옆에 있었고." 그건 그녀의 마음이 절실히 드러나는 경고처럼 들렸다. 아이들과 밥을 먹는 자리에서조차 그녀는 사실 그대로 소식을 전할 수 없었다.

저녁 시간은 느릿느릿 흘러갔다. 마침내 그녀는 말을 하지 않고, 잘 자라는 인사만 한 다음 이층으로 올라갔다.

그녀는 생각했다. '왜 그에게 말하지 않았을까? 왜? 그로 인해 문제가 생기면 난 나 스스로를 용서할 수 없을 거야. 그가 올라오면 말해야지.'

그녀는 책을 들었으나 읽을 수 없었다. 알 수 없는 예감이 그녀를 짓눌렀다.

만일 벨루가 클레어와 이혼한다면 어떻게 되나? 그럴 수 있나? 라인랜더 사례가 있었다. 하지만, 프랑스 파리에서는 그런 일들이 매우 쉬웠다. 만일 그가 그녀와 이혼한다면, 그래서 클레어가 자유로워진다면. 무슨 일이 일어나든, 그것이야말로 결코 그녀가 원치 않는 일이었다. 그럴 수 있다는 생각은 절대 피해야 했다. 절대.

그러자 그녀가 떨쳐내려던 생각이 떠올랐다. 만일 클레어가 죽는다면! 그렇게 된다면—아, 그건 야비해! 생각일 뿐이라도, 그래, 그런 걸 바라다니! 그녀는 어지럽고 메스꺼웠다. 그러나 그 생각은 머릿속에 머물렀다. 그 생각을 없앨 수 없었다.

그녀는 현관문이 열리는 소리를 들었다. 문이 닫힌다. 브라이언이 나갔다. 그녀는 얼굴을 베개에 묻고 울려고 했다. 그러나 눈물이 나오지 않았다.

그녀는 깨어 있는 채로 누워 과거의 일들을 생각했다. 브라이언의 구혼과 결혼 그리고 주니어의 출생. 그들이 그렇게 오래 그렇게 행복하게 살아온 이 집을 사던 때. 테드가 폐렴을 이기고 무사히 살아났음을 알았을 때. 그리고 다시는 오지 않을 달콤하고 아픈 다른 기억들.

무엇보다 그녀는 자신의 쾌적한 일상이 방해받지 않고 유지되기를 바랐으며 그것을 위해 애써왔다. 그런데 이제 클레어 켄드리가 끼어들어 모든 것을 허사로 만들며 위협하고 있었다.

"오, 신이시여." 그녀는 기도했다. "어서 삼월이 오게 해주소서."

그녀는 이내 잠이 들었다.

4

다음날은 아침부터 눈보라가 치기 시작해 온종일 그치지 않았다.

거의 침묵을 지키며 음식을 넘긴 아침식사가 끝나자 아이린 레드필드는 안도감을 느끼며 한동안 아래층의 거실에서 부드러운 눈송이들이 펄펄 날리는 풍경을 내다보았다. 바삐 걷는 행인들이 남긴 보기 싫고 얼룩덜룩한 흠집을 눈송이들이 속속 메꾸는 것을 보고 있을 때 줄리나가 와서 말했다. "전화예요, 레드필드 부인. 벨루 부인이에요."

"용건을 받아둬요, 줄리나."

아이린은 계속 창밖을 내다보고 있었지만 두려움, 그리고 희망에 습격을 당한 듯 이제 아무것도 보이지 않았다. 클레어와 벨루 사이에 무슨 일이 일어났을까? 만일 그렇다면, 무슨 일이? 그럼 드디어 지난 몇 주 동안의 고통스러운 불안으로부터 벗어나는 걸까? 혹시 더 많은, 더 나쁜 일들이 있을까? 그녀는 잠시 갈피를 잡지 못하며 고민했고, 줄리나의 뒤를 쫓아가 클레어가 무슨 말을 하는지 직접 들어야 할 것 같았다. 그러나 그녀는 기다렸다.

줄리나가 돌아와서 알렸다. "부인, 오늘 저녁 프릴랜드 부인 댁에 함께 갈 수 있으시답니다. 여덟시에서 아홉시 사이에 이리로 오신다고요."

"고마워, 줄리나."

하루가 천천히 저물었다.

저녁식사 시간에 브라이언은 석간신문에서 읽은 린치 사건에 대해 통렬히 비판했다.

"아빠, 왜 그 사람들은 유색인들만 린치해요?" 테드가 물었다.

"유색인을 증오해서란다, 아들."

"브라이언!" 아이린의 목소리는 애원하면서 비난하는 듯했다.

테드가 말했다. "아! 그럼 왜 유색인을 증오하는데요?"

"두려우니까 그런 거지."

"뭐가 두려운 건데요?"

"뭐냐면—"

"브라이언!"

"얘야, 이건 아무래도 우리집 숙녀분들이 있는 자리에서는 피해야 할 주제인 것 같구나." 그는 놀리듯 심각한 체하며 아이들에게 설명했다. "하지만 언제 우리끼리 있을 때 얘기해보도록 하자."

테드가 알겠다는 듯 진지하게 고개를 끄덕였다. "알았어요. 내일 등굣길에 얘기 나눌 수 있을 것 같아요."

"그거 좋겠다."

"브라이언!"

"엄마," 주니어가 한마디했다. "벌써 세번째예요, 그렇게 '브라이언'이라고 말한 거요."

"걱정 마라, 주니어. 그게 마지막이 아닐 테니." 브라이언이 주니어에게 말했다.

아이들이 자기들 방이 있는 위층으로 돌아간 후에 아이린이 상냥하게 말했다. "브라이언, 난 당신이 테드와 주니어에게 린치에 대해 말하지 않으면 좋겠어. 저녁식사 때 그런 얘기를 꺼내는 건 정말 용납 못하겠어. 아이들이 더 자란 후에도, 그런 끔찍한 일들을 경험할 시간은 충분해."

"당신 생각은 완전히 틀렸어! 당신 결정대로 저애들이 이 빌어먹을 나라에 살아야 한다면, 어떤 일들이 자신들을 기다리고 있는지 한시라도 빨리 알아낼수록 좋은 거야. 더 일찍 알수록, 더 잘 대비할 수 있는 거라고."

"내 생각은 달라. 나는 아이들이 어린 시절을 행복하게 보내고 가급적 그런 일들은 몰랐으면 해."

"아주 훌륭하시군." 브라이언의 빈정대는 대답이었다. "진짜 아주 훌륭해. 완벽한 대비야. 하지만 그게 되려나?"

"분명히. 당신이 맡은 부분만 잘해준다면."

"헛소리! 아이린 당신도 나만큼 잘 알고 있잖아, 그럴 수 없다는 걸.

'깜둥이'라는 단어와 그 의미를 아이들이 알지 못하도록 우리가 그렇게 애써봤지만 무슨 소용이 있었어? 아이들이 스스로 찾아냈잖아? 그것도 어떻게? 누군가 주니어를 더러운 깜둥이라고 불렀기 때문이었지."

"그래도 인종문제에 대해 아이들에게 얘기하지 않는 게 좋아. 난 용납 못해."

그들은 서로를 노려보았다.

"잘 들어, 아이린, 아이들은 그런 문제들을 알아야 해. 그게 나중이든 지금이든 마찬가지야."

"아니, 그렇지 않아!" 화가 나서 눈물이 떨어지려는 것을 참으며 아이린이 고집했다.

브라이언이 고함쳤다. "난 이해를 못하겠어. 당신처럼 자칭 지적인 사람이 그렇게 바보 같은 소리를 할 수 있다니." 그는 이해하기 어렵고 짜증스럽다는 듯 그녀를 바라보았다.

"바보 같다고!" 그녀가 소리를 질렀다. "내 아들들이 행복하길 바라는 게 바보 같아?" 그녀의 입술이 떨렸다.

"인생을, 그리고 아이들의 미래의 행복을 담보로 하는 거라면, 그렇다고 봐야지. 그들을 기다리고 있는 게 무엇인지 어느 정도 암시해주지 않는다면, 난 내 의무를 다하지 않은 기분이 들 것 같다고. 이건 내가 할 수 있는 최소한이야. 난 벌써 수년 전에 아이들을 데리고 이 끔찍한 나라를 빠져나가고 싶었다고. 당신이 날 막았지. 당신이 반대해서 그 생각을 포기했어. 내가 모든 걸 포기할 거라고는 기대하지 마."

채찍처럼 내리꽂히는 그의 말을 들으며 아이린은 침묵했다. 그녀가 뭐라 대답하기도 전에 그는 돌아서서 방을 나갔다.

다이닝룸에 홀로 쓸쓸히 앉아 그녀는 저도 모르게 무릎에 놓인 두 손을 힘껏 마주 쥐었고, 온몸을 부들부들 떨었다. 조금 전에 남편과의 다툼은 어딘가 불길한 조짐이 있었다. 남편의 마지막 말이 계속해서 머릿속을 맴돌았다. "내가 모든 걸 포기할 거라고는 기대하지 마." 무슨 뜻이었을까? 무슨 뜻이려나? 클레어 켄드리?

확실히, 그녀는 두려움과 의심으로 미칠 지경이었다. 이 정도의 일로 흥분해서는 안 된다. 그래서는 안 된다! 그녀가 자부하던 자제력과 상식은 어디로 갔나? 그 어느 때보다 지금, 그것이 필요한 때에.

클레어가 곧 도착할 것이다. 서두르지 않으면 또 늦을 것이고, 그러면 그 두 사람은 아래층에서 함께 자신을 기다릴 것이다. 지금은 먼 옛날인 것만 같은 그 첫날 이후로 자주 그래왔듯. 그것이 정말 불과 작년 시월이었단 말인가? 그녀는 몇 개월이 아니라 몇 년은 늙은 기분이었다.

비참한 기분으로 의자에서 일어나 외출복을 갈아입으러 이층으로 가면서 그녀는 차라리 집에 머물고 싶다고 생각했다. 나갈 준비를 하며 속으로 수백 번을 되물었다. 그저께 펠리스와 함께 벨루를 만났다는 말을 왜 브라이언에게 하지 않았는지. 그리고 사실을 알리지 않은 진짜 이유를 인정하기를 수백 번 거부했다.

화사하게 빛나는 붉은 가운을 입은 클레어가 도착했을 때, 아이린은 외출 준비를 마치지 못했다. 그러나 그녀는 보자마자 미소를 지으며 인사말을 건넸다. "아무래도 난 유색인종의 시간관념을 못 버리나봐. 그렇지? 우린 네가 올 수 있을 거라고 전혀 기대 안 했는데. 펠리스가 기뻐하겠다. 너 정말 근사해."

클레어는 드러난 맨어깨에 입을 맞추면서도 상대가 가볍게 위축되는 것을 느끼지 못한 듯했다.

"나도 내가 올 수 있을 거라고 꿈도 못 꿨어. 하지만 잭이 불쑥 필라델피아로 내려간다잖아. 덕분에 내가 여기 있는 거고."

아이린은 흘러넘치는 말들을 입안에 담은 채 그녀를 올려다보았다. "필라델피아. 거긴 얼마 멀지 않잖아? 클레어, 나—"

그녀는 말을 멈추고 한 손으로 의자 테두리를 움켜쥐었다. 다른 손은 주먹을 쥔 채 화장대 위에 놓여 있었다. 그녀는 왜 계속해서 클레어에게 벨루와 만났다는 말을 하지 않는 걸까? 왜 그러지 못하는 걸까?

그러나 클레어는 끝맺지 못한 문장을 알아채지 못했다. 그녀는 웃으며 가볍게 말했다. "나한테는 충분히 멀어. 어디든 나와 떨어져 있으면 그걸로 충분히 먼 거야. 난 까다롭지 않거든."

아이린은 거울 속의 비난하는 얼굴을 가리기 위해 스치듯 눈꺼풀을 만졌다. 한편으로는 자신이 얼마나 오래 저렇게 핼쑥하고 초췌한, 그래, 놀란 표정을 짓고 있었을까 궁금했다. 아니면 그저 상상일까?

"클레어," 그녀가 말했다. "그가 너에 대해 알게 된다는 게 무슨 뜻일지 한 번이라도 진지하게 생각해본 적 있니?"

"있어."

"아! 그랬구나! 그럼, 그럴 경우에 네가 뭘 해야 할지도 생각해봤어?"

"그럼." 그렇게 말하고 클레어는 재빨리 미소 지었다. 그녀의 진지한 얼굴에 어떤 흔적도 남기지 않고 섬광처럼 나타났다 사라지는 미소.

그 미소와 '그럼'이라는 그 한 단어가 지닌 조용한 단호함이 아이린을 바닥 모를 두려움으로 마비시켰다. 손에 감각이 없었다. 발은 얼음처럼 차고, 가슴은 돌처럼 무거웠다. 혀조차도 무겁게 죽어가는 듯했다. 그녀가 띄엄띄엄 물었다. "그럼 뭘 어떻게 할 건데?"

클레어는 의자에 푹 파묻혀 먼 곳을 응시하고 있었다. 뚫고 들어갈 수 없는 어떤 유쾌한 생각에 빠진 듯 보였다. 얼마나 시간이 흘렀을까, 곧은 자세로 앉아 대답을 기다리는 아이린에게 정신을 추스르고 현실로 돌아온 클레어가 조용히 말했다. "지금 당장 내가 무엇보다 하고 싶은 일을 하겠어. 난 여기 와서 살 거야. 할렘으로 말이야. 그런 다음 하고 싶은 걸 하는 거지, 내가 원할 때."

아이린은 차갑게 굳으며 몸을 앞으로 기울였다. "그럼 마저리는 어쩌고?" 그녀는 긴장한 목소리로 속삭였다.

"마저리?" 클레어가 흔들리는 눈빛으로 아이린의 걱정스러운 얼굴을 바라보며 아이의 이름을 반복했다. "그것뿐이야, 린. 그애를 위해서는 아니겠지만, 난 어쨌든 할 거야. 나를 붙잡는 건 그애뿐이야. 하지만 잭이 알아낸다면, 우리 결혼이 깨진다면, 난 자유야. 안 그래?"

그녀의 부드럽게 체념하는 듯한 말투, 순진하고 허심탄회한 태도가 듣는 사람에게는 거짓처럼 보였다. 아이린은 그 말들이 경고의 의도를 담고 있다는 확신에 사로잡혔다. 클레어 켄드리는 항상 다른 사람의 생각을 알고 있는 듯 보였다. 그녀의 다문 입술이 고집스레 굳었다. 아니, 이번에는 알지 못할 것이었다.

아이린이 말했다. "아래층에 내려가서 브라이언과 얘기 나누지 그러니. 벌써 화를 내고 있을 거야."

클레어에게 자신의 속마음과 두려움을 들키지 않겠다고 결심했음에도, 생각지 못한 말들이 튀어나왔다. 그녀의 괴로운 마음과는 상관없이 무감각한 표피에서 벗겨진 비늘 같았다. 그리고 그것은 그녀의 목적에 딱 들어맞는 말들이라는 걸 그녀는 깨달았다.

왜냐하면 클레어가 일어나 방을 나가자, 그녀는 그것이 자신이 옷을 갈아입는 동안 옆에서 기다리게 하려던 첫 계획만큼 괜찮다는 것을, 심지어 그보다 더 나은 것임을 알게 되었으니까. 클레어는 그녀를 방해하고 불안하게 했을 것이다. 그 두 사람이 한 시간을 또는 그 이상이나 이하를 함께 보낸들 무슨 차이가 있으랴, 이제 와서, 둘 사이에 일어날 모든 일이 일어난 마당에?

아! 처음으로 그녀는 모든 일이 일어났다고 스스로 인정했고, 결정적인 일이 일어나지 않았으리라 믿고 희망하기를 자신에게 강요하지 않았다! 그래, 일은 일어났다. 그녀는 그것을 알았고, 자신이 알고 있음을 알았다.

그렇게 생각했었고, 그 사실을 인정하고 나서도, 그녀는 현실을 회피하고자 격렬하게 애썼던 이전보다 더 상처받지도, 더 마음이 쓰이지도 않는다는 사실에 놀랐다. 그리고 더 격렬하고 참을 수 없는 고통을 느끼지 않는 것이 오히려 부당해 보였다. 사실을 온전히 인정함으로써 그녀에게 주어졌어야 했을, 고통이 주는 어떤 극적인 위로를 빼앗긴 것만 같았다.

어쩌면 그녀는 이미 모든 것을, 여자로서 겪어야 했던 괴로운 수치심과 두려움을 이겨낸 것일까? 아니면 고통의 절정을 감당할 능력이 부족하단 말인가? "아니야, 아니야!" 그녀 스스로 완강히 부정했다. "나도 다른 사람들과 같은 사람이야. 너무 피곤하고, 너무 지쳐서, 더는 느끼지 못할 뿐이야." 그러나 그녀는 정말 그렇게 믿지는 않았다.

안전. 그것은 그저 단어에 불과했던가? 아니라면, 그것은 오직 행복, 사랑 또는 그녀가 전혀 알지 못하는 거친 전율 같은 것을 희생하는 대가로만 얻을 수 있는 것일까? 안전과 지속에 대한 지나친 믿음과 지나친 노력은 그런 것들과는 어울리지 않는 것일까?

아이린은 오랫동안 앉아서 질문을 던지고 이해해보려 했으나 결론을 얻지 못했다. 답을 찾는 동안 좌절감을 느끼면서도, 안전이 삶에서 가장 중요한 것이며 그녀가 가장 원했던 것임을 깨달았다. 다른 어떤 것, 아니 다른 모든 것을 다 준다 해도 안전과는 바꿀 수 없었다. 그녀는 단지 평온함을 바랐다. 단지 방해받지 않고 아들들과 남편의 삶을 최상으로 이끌 수 있기를 바랐다.

육감으로는 훨씬 오래전부터 알고 있던 것을 비로소 인정하고, 그 때문에 안고 있던 죄책감도 벗어버린 채 이제 그녀는 다시 계획을 세울 수 있었다. 브라이언을 뉴욕에, 그녀 곁에 붙들어둘 방법을 다시 생각할 수 있었다. 왜냐하면 그녀는 브라질에 가지 않을 테니까. 그녀는 고층빌딩이 솟아오르는 이 나라에 속했다. 그녀는 미국인이었다. 이 땅에서 자랐고 뿌리 뽑히지 않을 것이었다. 제아무리 클레어라도 아니 백 명의 클레어 켄드리라 해도.

브라이언도 여기 속했다. 그는 그녀와 그의 아들들에게 책임이 있었다.

이상하게도, 그녀는 자신이 진실로 사랑했던 적이 있는지 확신할 수 없었다. 브라이언에게마저도. 그는 그녀의 남편이었고 아들들의 아빠였다. 그러나 그녀에게 그가 그 이상이었던가? 그녀가 그 이상의 것을 원했거나 얻고자 노력한 적이 있었던가? 지금 그녀는 아니라고 생각했다.

그럼에도 그녀는 그를 지킬 생각이었다. 그녀는 새로 립스틱을 칠한 입술을 일자로 꾹 다물었다. 사실 그녀는 그와 클레어의 사랑을 부인하려는 노력을 멈췄다. 그러나 여전히 결혼이라는 틀을 단단히 움켜쥐고, 그녀의 삶을 굳건하고 확실하게 유지할 작정이었다. 혐오스러운 현실의 궁지에 몰려서도 그녀의 세심한 본성은 위축되지 않았다. 그를 전부 잃기보다는 나누는 편이 나았다. 그게 훨씬 나았다. 아, 필요하다면 그녀는 눈감을 수 있었다. 견딜 수 있었다. 무엇이든 견딜 수 있었다. 그리고 삼월은 얼마 남지 않았다. 삼월, 그리고 클레어의 출국이.

소름 끼치도록 분명히, 그녀는 자신이 벨루와 마주친 소식을 본능적으로 감춘, 아니 빠뜨린 이유를 이제 알았다. 클레어가 자유로워진다면, 무슨 일이든 일어날 수 있었다.

그녀는 옷을 입으며 멈칫했다. 클레어 켄드리가 처음 찾아왔던 그 시월 오후에 자신이 느꼈던 것, 클레어 스스로 경고하기까지 한 어두운 진실을 더없이 선명하게 인식했기 때문이었다. 그녀는 원하는 것이 있으면 손에 넣었다. 왜냐하면 그녀는 희생이라는, 정복의 결정적인 요건을 받아들였으니까. 클레어가 브라이언을 원했다면, 그녀는 돈의 결핍이나 장소 때문에 주저하지 않을 터였다. 그녀가 말했듯, 그녀가 모든 것을 내던지는 것을 막는 건 마저리뿐이었다. 그리고 일이 그녀의 통제를 벗어나게 된다면, 심지어 그녀가 불안을 느끼는 것만으로도, 그런 일이 일어날 거라는 의구심을 갖는 것만으로도, 무슨 일이든 일어날 수 있었다. 무슨 일이든.

안 돼! 어떤 대가를 치른다 해도, 클레어는 벨루와의 만남을 몰라야

했다. 브라이언도 마찬가지였다. 그것은 그를 지키려는 그녀 자신의 힘만 약하게 만들 뿐이었다.

두 사람은 그녀로부터 벨루가 아내에 대한 진실을 의심하고 있다는 사실을 결코 듣지 못할 것이다. 그리고 그녀는 그가 진실을 알아내는 것을 막기 위해 무엇이든 하고, 어떤 위험이라도 감수할 것이다. 그녀가 본능에 따라 그를 모른 척한 것이 얼마나 다행인가!

* * *

"육층에 올라가본 적 있어요, 클레어?" 브라이언이 차를 세우고 밖으로 나와 숙녀들에게 문을 열어주며 물었다.

"어머, 그럼요! 우린 십칠층에 사는데요."

"내 말은, 깜둥이 파워로 올라가본 적이 있냐는 거예요."

"좋은데요!" 클레어가 웃었다. "린에게 물어보세요. 옛날 옛적, 요즘처럼 허름한 아파트들에까지 엘리베이터가 생기기 전에 우리 아버지가 경비원이었으니까요. 그런데, 여기를 걸어서 올라가야 한다는 말씀은 아니죠? 여기는 아니겠죠!"

"맞아, 여기. 펠리스가 꼭대기 층에 살아." 아이린이 말했다.

"세상에 왜?"

"불쑥 찾아오는 귀찮은 손님들을 곤란하게 만들 작정인가봐."

"그럴 수도 있겠네. 하지만 본인부터 힘들잖아."

브라이언이 말했다. "예, 조금은요. 하지만 그녀는 지루하게 사느니 차라리 죽는 게 낫다더군요."

"아, 정원이네! 아무도 안 밟은 눈이 덮여 있으니 너무 예쁘다!"

"예, 그렇죠? 하지만 그 바보같이 뾰족한 신발을 신고 걸어봐요. 당신도, 아이린."

아이린은 그들 옆에 서서 하얗게 눈이 내린 안뜰 사이로 난 좁은 시멘트 길을 걸었다. 그녀는 공기 중에서, 그들 둘 사이에 일어났고 다시 일어날 뭔가를 느꼈다. 살아 있는 실체가 그녀를 짓누르는 것 같았다. 흘낏 돌아보니 클레어가 브라이언의 다른 팔에 달라붙어 있었다. 그녀는 도발적인 눈길로 그를 올려다보았고, 그의 눈은 애타는 열망을 드러내며 클레어의 얼굴에 못박혀 있는 듯 보였다.

"여기가 입구인가보네." 클레어가 평소와 다름없는 목소리로 말했다.

"조심해요." 브라이언이 클레어에게 말했다. "사층도 올라가기 전에 쓰러지진 말아야죠. 이 집 주인들은 마지막 두 계단 말고는 누구도 부축하려 들지 않을 테니까요."

"허튼소리 마!" 아이린이 나무랐다.

파티는 쾌활하게 시작되었다.

데이브 프릴랜드는 컨디션이 최상이었다. 밝고, 크리스털처럼 선명하고 톡톡 튀었다. 펠리스 역시 유쾌했고, 평소처럼 심하게 빈정대지도 않았다. 길고 어수선한 거실에 흩어져 있는 열두어 명의 손님들을 좋아하기 때문이었다. 브라이언은 위트가 있었다. 아이린이 느끼기에 그의 발언들은 평소보다 어딘지 더 짓궂은 데가 있기도 했다. 랠프 헤이즐턴도 대화의 장에 재치 넘치는 농담들을 던졌다. 다른 사람들, 클레어까지도 그의 농담을 즐겁고 유쾌하게 받아넘겼다.

아이린만이 즐겁지 않았다. 그녀는 거의 말없이 앉아 그녀가 재미있어하는 인상을 주려고 이따금 미소를 지었다.

"무슨 일 있어요, 아이린?" 누군가 물었다. "절대 안 웃기로 맹세라도 한 거예요? 재판관처럼 심각하잖아요."

"아니에요. 다들 너무 똑똑해서 할말이 없어진 거죠. 완전히 혼이 나갔어요."

"그래서," 데이브 프릴랜드가 말했다. "그렇게 금방이라도 울 것 같았던 거군요. 음료가 없잖아요. 뭐 마실래요?"

"고마워요. 그럼 진저에일 한 잔에 스카치 세 방울을 섞어주세요. 스카치를 먼저 넣고, 그다음에 얼음, 그리고 진저에일 순으로요."

"맙소사! 데이브, 당신이 직접 만들 생각 접고, 집사에게 시켜요." 펠리스가 놀렸다.

"네, 맞아요. 종복從僕도 부르시고요." 아이린이 살짝 웃으며 맞장구쳤다. "이 안이 많이 더운 것 같아요. 창문 좀 열어도 돼요?" 그리고 그녀는 프릴랜드 부부가 자랑해 마지않는 바닥까지 닿는 긴 여닫이창을 열었다.

눈이 그친 지 두세 시간쯤 지났다. 달이 막 떠오르고, 멀리 고층빌딩 뒤로 별이 하나둘씩 모습을 드러냈다. 아이린은 끝까지 피운 담배를 창밖으로 던지고, 작은 불씨가 하얀 밑바닥으로 천천히 떨어지는 모습을 지켜보았다.

방에서 누군가 축음기를 틀었다. 아니면 라디오였던가? 어느 것이 더 싫은지 알 수 없었다. 아무도 그 요란한 소리에 귀기울이지 않았다. 말소리와 웃음소리가 한시도 멈추지 않았다. 그들은 왜 더 많은 소음이 필요할까?

데이브가 그녀의 음료를 가져왔다. 그가 아이린에게 충고했다. "그렇게 창가에 가까이 서 있으면 안 돼요. 감기 걸려요. 자, 나랑 얘기해요. 그게 아니면 내가 떠드는 소리를 듣든가요." 그는 그녀의 팔을 잡고 방안을 가로질러갔다. 그들이 자리를 잡고 앉았을 때, 밖에서 초인종이 울리고 펠리스가 남편에게 누가 왔나 나가보라고 외쳤다.

다음 순간 아이린은 현관에서 들려오는 그의 허물없고 친절한 목소리를 들었다. "당신 아내요? 미안합니다. 잘못 찾아오신 것 같네요. 아마 옆집—"

그러고 나서 방안의 다른 모든 소음을 뚫고 존 벨루의 고함소리가 들려왔다. "잘못 오지 않았어! 레드필드가에 다녀오는 길이고, 아내가 그들과 여기 있다는 것을 알고 있소. 소란 피우고 싶지 않으면, 비켜서는 게 좋을 거요."

"뭐예요, 데이브?" 펠리스가 현관문으로 달려갔다.

그리고 브라이언도 갔다. 아이린은 그가 말하는 소리를 들었다. "내가 레드필드요. 대체 무슨 일로 이러는 거요?"

그러나 벨루는 그를 못 본 척했다. 그는 그들을 밀쳐내고 거실로 들어가 클레어에게로 성큼성큼 걸어갔다. 모두가 클레어를 바라보았다. 그녀가 의자에서 일어나 조금 뒷걸음질치며 그로부터 몸을 피했다.

"그러니까 네가 깜둥이란 말이지, 빌어먹을 더러운 깜둥이!" 으르렁거리며 신음하는 그의 목소리에는 분노와 고통이 담겨 있었다.

모든 것이 뒤죽박죽이었다. 남자들이 앞으로 뛰어나갔다. 펠리스가 그들과 벨루 사이에 끼어들어 재빠르게 말했다. "조심해요, 당신은 여기서 유일한 백인이에요." 싸늘한 냉기를 뿜어내는 그녀의 목소리는 말한 내용 못지않은 경고였다.

창가에 선 클레어는 놀랍고 호기심어린 눈으로 쳐다보는 사람들은 안중에 없는 듯, 그녀 삶의 틀 전체가 눈앞에서 부서져 파편으로 나뒹군다는 사실을 모르는 듯 태연했다. 그녀는 어떤 위험도 인식하지 못했고 아무래도 상관없는 듯 보였다. 심지어 희미한 미소가 그녀의 도톰한 빨간 입술과 반짝이는 눈동자를 스쳐갔다.

그 미소에 아이린은 격분했다. 그녀는 사나운 공포를 느끼며 방을 가로질러 뛰어가 클레어의 맨팔에 손을 얹었다. 한 가지 생각이 그녀를 사로잡았다. 그녀는 클레어 켄드리가 벨루에게 버림받도록 둘 수 없었다. 그녀가 자유로워지도록 둘 수 없었다.

그들 앞에 상처와 분노로 말을 잃은 존 벨루가 서 있었다. 그들 너머로 다른 사람들이 작게 무리 지어 모여들고, 그 안에서 브라이언이 앞으로 나섰다.

그다음에 무슨 일이 일어났는지, 아이린 레드필드는 훗날 자신에게 기억을 허락하지 않았다. 절대로 분명히 기억할 수 없었다.

한순간 클레어는 거기 있었다. 황금빛과 붉은빛을 품은 화염처럼, 살아서 광채를 뿜는 어떤 것. 다음 순간 그녀는 사라졌다.

공포로 숨이 막히는 소리, 그 위로 사람의 것이 아닌 고통스러운 야수가 내는 듯한 소리가 들려왔다. "닉! 맙소사! 닉!"

우르르 계단으로 달려가는 광란의 발소리들. 멀리서 문들이 쾅쾅 닫히는 소리. 목소리들.

아이린은 뒤에 남았다. 그녀는 조용히 앉아 맞은편 벽에 걸린 기괴

한 일본 판화를 응시했다.

사라졌다! 부드럽고 하얀 얼굴, 밝게 빛나는 머리카락, 불온한 주홍색 입, 꿈꾸는 눈동자, 어루만지는 듯한 미소, 견디기 힘든 사랑스러움, 클레어 켄드리였던 것들이. 아이린의 평온한 삶을 뒤흔든 그 아름다움이, 사라졌다! 조롱기 섞인 대담함, 그녀의 농염한 자세, 종이 울리는 듯한 웃음소리.

아이린은 안타깝지 않았다. 그녀는 아연했고, 거의 믿기지 않았다.

다른 사람들은 어떻게 생각할까? 클레어가 추락했다고 할까? 그녀가 일부러 뒤로 물러섰다고 할까? 분명 이것 아니면 저것일 텐데. 아니—

그러나 그녀는 그래서는 안 된다고, 스스로에게 경고했다. 그녀는 너무 피곤했고 너무 충격을 받았다. 그리고 정말로, 둘 다 사실이었다. 그녀는 극도로 지쳐 심하게 휘청였다. 그러나 생각은 소용돌이쳤다. 몸에서처럼 머릿속의 기운도 빠져나갈 수 있다면. 클레어의 팔에 놓였던 자신의 손 모양을 기억 속에서 지울 수만 있다면!

"사고였어, 끔찍한 사고." 그녀는 사납게 중얼거렸다. "분명히 그랬어."

사람들이 계단을 올라왔다. 아직 열려 있는 문틈으로 그들의 발소리와 말소리가 점점 가까이 들려왔다.

그녀는 재빨리 일어나 조용히 침실로 가서 소리 없이 문을 닫고 돌아섰다.

생각이 줄달음질쳤다. 그대로 있어야 했나? 다시 나가 사람들에게 합류할까? 하지만 다들 물어볼 것이다. 그녀는 그런 것들에 대해, 그후에 대해 생각하지 못했다. 갑작스러운 그 순간의 행동에 대해 아무것도 생각하지 못했다.

방은 추웠다. 얼음 같은 냉기가 등골을 타고 올라와 맨살이 드러난 목과 어깨로 퍼졌다.

거실에서 목소리들이 들려왔다. 데이브 프릴랜드 외의 목소리들은 누구의 것인지 알 수 없었다.

외투를 입어야 하나? 펠리스가 아무것도 걸치지도 않고 황급히 내려갔었다. 다른 사람들도 모두 그랬다. 브라이언도 그랬다. 브라이언! 그가 감기 들면 안 되는데! 그녀는 그의 외투를 들고 자기 것은 챙기지 않았다. 문에서 잠깐 멈춘 채 그녀는 두려워하며 귀를 기울였다. 아무 소리도 들리지 않았다. 목소리도. 발소리도. 아주 천천히 그녀는 문을 열었다. 거실은 텅 비어 있었다. 그녀는 밖으로 나갔다.

아래층에서 계단을 내려가는 발소리들이 희미하게 들려왔다. 문이 열렸다 닫히는 소리, 그리고 먼 곳에서 들려오는 목소리들.

아래로, 아래로, 아래로, 그녀는 내려갔다. 한 계단 내려갈 때마다 뒤에서 질질 끌려오는 브라이언의 커다란 외투를 움켜쥐고 팔을 떨었다.

이 끝없는 계단을 다 내려간 다음에는 사람들에게 뭐라고 할 것인가? 그들과 함께 몰려갈 걸 그랬다. 무슨 이유로 머뭇거리며 뒤에 남았다고 하나? 그녀 자신도 이유를 몰랐다. 그리고 무슨 질문을 받게 될까? 자신이 클레어에게 손을 뻗은 것은 사실이었다. 그건 어쩌나?

그녀는 궁금한 것들과 질문들을 떠올리던 중에 어떤 생각이 떠올랐는데, 너무 끔찍하고 너무 두려운 생각이라 떨어지지 않게 계단 난간을 붙잡아야만 했다. 온몸이 떨리고 식은땀이 흘렀다. 호흡이 빠르고 날카로워지며 숨이 막힐 듯 고통스러웠다.

클레어가 죽지 않았다면 어떻게 되는 거지?

그녀는 두려웠을 뿐 아니라 그 눈부신 몸이 망가졌으리라는 생각에 속이 메스꺼웠다.

기절하지 않고 나머지 계단을 어떻게 내려갔는지 그녀는 지금도 알 수 없었다. 그러나 그녀는 결국 내려갔다. 계단 끝에 닿자 파티의 다른 손님들이 몇몇 낯선 사람들에게 둘러싸여 있었다. 그들은 모두 속삭이듯, 혹은 경악한 듯 참사 현장에 어울리는 신중하고 낮은 목소리로 말했다. 처음에 그녀는 즉시 왔던 곳으로 뛰어올라가고 싶었다. 그러나 곧 조용한 절망에 휩싸였다. 그녀는 육체적으로 그리고 정신적으로 힘을 다해 버텼다.

"여기 아이린이 왔어요." 데이브 프릴랜드가 사람들에게 알렸다. 그는 그녀가 없는 것을 알고서 기절을 했거나 그런 걸로 짐작하고서 막 가보려던 참이라고 했다. 펠리스가 그의 팔에 매달려 있었고 평소의 건방지고 무심한 표정은 조금도 보이지 않았다. 그녀의 황금빛 도는 갈색 얼굴은 이상한 자주색으로 변해 있었다.

아이린은 프릴랜드의 말을 못 들은 척하며 곧장 브라이언에게로 갔다. 그의 얼굴은 늙고 어딘가 달라진 듯했고, 입술은 보라색으로 변해 떨리고 있었다. 그녀는 너무도 간절히, 그를 위로해주고 마법처럼 고통과 공포를 사라지게 해주고 싶은 충동을 느꼈다. 그러나 그의 정신과 마음에 대한 통제력을 온전히 상실했기에 어쩔 도리가 없었다.

그녀는 더듬거리며 물었다. "클레어는—클레어는요—?"

펠리스가 대답했다. "즉사한 것 같아요."

아이린은 목구멍에서 감사의 흐느낌이 밀고 올라오는 걸 막으려 애썼다. 목에 걸린 흐느낌은 상처받은 아이의 울먹임처럼 변했다. 누군가 위로하듯 그녀의 어깨에 손을 올렸다. 브라이언이 그의 외투로 그녀를 감싸주었다. 그녀는 괴로운 듯 울기 시작했다. 발작적인 울음에 온몸이 들썩거렸다. 그는 어딘지 기계적으로 그녀를 위로했다.

"자, 이런, 아이린. 울지 마. 당신 병나겠어. 클레어는—" 그의 목소리가 돌연 끊어졌다.

멀리서 랠프 헤이즐턴의 목소리가 들려왔다. "내가 그녀를 똑바로 보고 있었어요. '잭 로빈슨'이란 말을 할 새도 없이 그냥 쓰러지더라고요. 기절한 것 같아요. 맙소사! 한순간이었어요. 태어나서 그보다 더 빠른 건 본 적이 없어요."

"이럴 수는 없어! 정말이지 이럴 수는 없는 거라고!"

아이린이 들어본 적 없는 격하고 쉰 목소리로 말한 것은 브라이언이었다. 그녀의 무릎이 떨렸다.

데이브 프릴랜드가 말했다. "잠깐, 브라이언. 아이린이 바로 그녀 옆에 있었잖아요. 얘기를 좀 들어봐요."

그녀는 한순간 전적으로 비겁한 두려움을 느꼈다. '오, 신이시여.' 그녀는 기도했다. '도와주소서.'

한 낯선 남자가 사무적이고 권위적인 목소리로 그녀에게 물었다. "그 여성이 떨어진 게 맞습니까? 레드필드 박사의 추측처럼 그 여자분의 남편이 밀었다거나 그런 비슷한 행동을 한 게 아닌가요?"

처음으로 그녀는 추위에 떨며 좁은 입구에 서 있는 사람들 가운데 벨루가 없다는 것을 의식했다. 이건 무슨 의미지? 멍한 머리로 대답을 찾으려 했을 때 또다시 소름 끼치는 전율을 느끼며 몸이 떨렸다. 그건 아니야! 아, 그건 아니야!

"아니, 아니에요!" 그녀가 저항했다. "그가 그러지 않은 게 확실해요. 나도 거기 있었어요. 그 사람만큼 가까이에요. 클레어는 그냥 떨어졌어요, 누가 붙잡을 새도 없이요. 내가—"

떨리던 그녀의 무릎에서 힘이 빠져나갔다. 그녀는 신음하며 주저앉아 또다시 신음했다. 그녀는 집어삼킬 듯 밀려오는 거대한 중압감 속에서 자신을 일으켜세우는 힘센 팔들을 어렴풋이 의식했다. 그러고는 모든 것이 캄캄해졌다.

얼마나 시간이 흘렀을까, 그녀는 그 낯선 남자가 이렇게 말하는 것을 들었다. "아무래도 사고사인 것 같군. 올라가서 그 창문을 다시 봅시다."

사라진 불꽃의 잔상, 표류하는 영혼들의 공감대

넬라 라슨은 조라 닐 허스턴, 제시 포셋 등과 더불어 할렘 르네상스*를 대표하는 여성 작가 중 한 사람이다. 라슨의 대표작인 『패싱』은 섬세한 심리묘사와 사회문화적 요소의 적절한 배치를 통해 인종차별 주제는 물론 당대 아프리카계 미국 여성들이 직면한 복잡한 현실을 생생히 그려낸 수작으로 평가받고 있다.

미국이 제1차세계대전 이후 강국으로 성장하며 사회, 문화 전반에 걸쳐 급격히 변화하는 가운데 맨해튼의 블랙 벨트Black belt로 불리던 할렘은 이례적인 특수를 누리게 된다. 금주법이 시행된 후 역설적으로

* 제1차세계대전 이후 대공황 무렵까지 맨해튼의 할렘 지역을 중심으로 문화, 예술 등 각 분야에서 펼쳐진 아프리카계 미국인들의 문예부흥운동. 신흑인 르네상스(New Negro Renaissance)라고도 부른다.

상권이 활성화되어 흑인 노동자들의 유입이 더욱 늘어나는 한편, 흑인 중산층에 속하는 신사들과 신여성들은 5번 애비뉴와 7번 애비뉴를 누비며 할렘을 새로운 유행의 중심지로 만든다. 해가 저물면 조지핀 베이커가 노출이 심한 아프리카풍 무대의상을 입고 찰스턴 스텝을 밟으며 노래하고 듀크 엘링턴의 스윙재즈가 울려퍼지는 코튼클럽으로 새로운 자극에 목마른 백인 유명 인사들이 모여든다. 소설 속 가상의 '흑인복지연맹Negro Welfare League'처럼 대도시 흑인 생활의 기반을 다지고, 인종차별에 맞서는 비영리 조직들이 백인 자산가들의 후원을 받아 속속 탄생한다. 『패싱』은 이 거대한 변화의 움직임 속에서 자신의 자리를 특정할 수 없었던 어떤 사람들, 백인과 흑인 사회 어디에도 쉽게 발을 들일 수 없던 불안한 영혼들의 이야기이다.

대도시의 무더운 여름날, 백인으로 보일 만큼 밝은 피부를 가진 아이린은 백인 전용 호텔의 스카이라운지에서 학창시절의 친구인 클레어와 우연히 마주친다. 고아가 되어 시카고 서쪽의 백인 거주지역으로 떠난 후 연락이 끊어졌던 클레어 켄드리는 몰라보게 당당하고 화려한 모습으로 나타나 아이린의 호기심을 자극한다. 혼혈로 태어나 부모로부터 상아색 피부와 밝은 금발을 물려받은 클레어는 아이린이 금기처럼 여기는 '인종 패싱' 즉 '백인 행세'를 하며 살아가고 있다. 백인 행세를 하는 중심인물은 클레어지만 소설의 서두는 드라마의 한 장면처럼 '시원한 미풍이 부는' 드레이튼호텔의 최상층에서 고급 차를 마시며 쾌적함을 만끽하는 아이린의 짧은 패싱으로 시작된다. 오랜만에 만난 친구들끼리 깍듯이 예의를 차리는 듯하면서도 한 치의 양보도 없이 밀고 당기는 긴장감 넘치는 대화는 이들의 과거와 앞으로 전개될 두 사람의 복잡한 운명을 암시하며 초반부터 놀라운 흡인력을 발휘한다.

클레어의 남편인 존 벨루는 클레어가 흑인 혼혈이라는 것을 짐작하지 못한 채 클레어와 친구들 앞에서 흑인에 대한 적의를 노골적으로 표출함으로써 혼혈 흑인들이 패싱의 유혹에 빠지기 쉬웠던 당시의 분위기를 여실히 드러내기도 한다. 흑인의 피가 한 방울만 섞여도 흑인이라는 '한 방울의 법칙one-drop rule, ODR'과 노예제 시절의 잔재인 린치의 공포가 엄연히 존재하는 일상에서 패싱*은 그것이 가능한 사람들에게는 공포스러운 죽음의 위협을 피하고 백인의 혜택을 나눠 갖는 편리한 수단이 될 수 있었다. 애초에 백인 행세가 불가능했던 단일 혈통의 흑인들과 달리 '물라토'라 불리던 흑백 혼혈, 다민족 혈통의 혼혈인들은 한층 더 복잡한 정체성의 혼란에 부딪혔고, 이 시기의 패싱 인구는 폭발적으로 증가했다. 할렘에 거주하던 흑인들 사이에서는 피부색의 등급에 따라 패싱이 가능한 경우와 불가능한 경우를 도표화한 색조표까지 등장할 만큼 패싱에 대한 일반의 관심도 높아졌다. 작품에서 인종 패싱을 단호히 거부하고 흑인 고유의 가치를 긍정하는 아이린마저도 남편 브라이언과의 대화에서 이렇게 말한다. "'패싱'이란 게 좀 묘하긴 해. 우린 그걸 비난하면서도 용납하잖아. 경멸하면서 부러워하기도 하고. 극도로 혐오하고 멀리하면서도, 눈감아주고." 백인 행세를 하며 신분 상승에 성공한 친구에 대한 은근한 질시와 혐오감이 뒤섞인 그녀

* 이 글에서 '패싱'은 대개 백인 행세(White passing)에 국한되지만, 20세기 후반부터 젠더, 퀴어, 다인종 연구 등이 활발히 이루어지면서 타인이 선호하지 않는 정체성을 숨기는 커버링의 문제, 다양한 소속 규정과 그 경계를 넘는 현상을 아우르며 폭넓게 논의되고 있다.

의 이중적인 태도는 당시 패싱을 바라보던 대다수 흑인들의 시선을 반영하고 있을 것이다. 하지만 '원하는 것을 다 가진' 흑인 중산층에 속하는 아이린은 패싱 의사를 묻는 클레어에게 경멸 섞인 어조로 되묻는다. "아니, 내가 뭣 때문에?" 마치 "내가 왜 백인이 되고 싶겠어? 나는 흑인이고, 아름다운데!"라고 당당히 외쳤던 시인 랭스턴 휴스처럼 말이다. 사교계라는 폐쇄적인 울타리 안에서 그들만의 파티를 열고 자녀들을 고급 사립학교에 보내며 부유한 백인들처럼 살고 싶은 그들의 독선과 열망은 묘한 기시감을 준다. 안정된 삶을 살고자 불안과 강박에 시달리는 아이린의 아이러니한 모습은 오늘날 대도시 중산층의 모습과 크게 다를 바 없다. 고통이 절정에 달한 순간에 아이린은 '인종 때문에 겪는 고통이 아니더라도 여자로서, 한 개인으로서, 스스로의 일만으로도 이미 충분한 고통을 겪고 있지 않느냐'고 외친다. 아이린의 사무치는 독백은 인종과 젠더, 계급, 섹슈얼리티의 문제가 맞물려 한 여성의 정체성을 규정하는 방식을 놀랍도록 현대적인 시각으로 재현한다. '블랙 라이브스 매터Black Lives Matter, BLM'를 통해 널리 알려진 '상호교차성'*의 개념에까지 닿아 있다고 볼 수 있는 작가의 현대적인 사유는 백 년의 시간을 뛰어넘어 독자들을 단숨에 1920년대의 대도시로 끌어들인다.

"내 몸에는 여러 종류의 피가 흐를 것이다. 더러는 흑인의 피도 있을 테고, 그 모든 피들이 여섯, 혹은 그 이상의 세대를 거치며 섞였다. 그러므로 나는 새로운 형태의 인간이기도 하고 아주 오래된 인

* 성별, 젠더, 성 정체성, 인종, 민족, 계급 등 다양한 범주가 결합되어 개인의 정체성을 구성함을 뜻하는 개념.

간이기도 할 것이다. 그러나 어떤 경우에든 나는 어쩔 수 없이 나 자신일 뿐……"*

라슨과 마찬가지로 혼혈 작가이며 유독 흰 피부로 인해 백작으로도 불렸던 『케인』의 작가 진 투머의 호소는 오늘날까지도 정체성의 혼란을 겪는 아프리카계 미국인의 갈등을 대변할 수 있을 것이다. 비교적 최근의 예로 필립 로스의 『휴먼 스테인』에 이르기까지 인종 패싱의 문제는 '패싱 소설'이라는 별도의 장르를 형성할 정도로 미국문학 내에서 중요한 소재로 다루어져왔다. 윌리엄 웰스 브라운의 『클로텔, 혹은 대통령의 딸: 미합중국의 노예 생활 이야기』(1853) 이후 쓰인 초기 패싱 소설들의 경우 부분적으로 백인 사회를 동경하며 패싱의 성공을 아메리칸 드림의 실현으로 이상화하는 경우도 드물지 않았다. 이런 기존의 주제의식에 새로운 의문을 제기한 것은 제임스 웰든 존슨이다. 존슨의 소설 『한때 흑인이었던 남자의 자서전』(1912)의 주인공인 '나'는 린치의 공포를 덜고 성공적이고 행복한 삶을 살기 위해 패싱을 선택하지만 "결국 하찮은 부분을 선택한 것이라는, 한 그릇의 죽을 위해 나의 출생권을 팔아버린 것이라는 생각"에 이른다. 할렘의 대부 격인 W. E. B 듀보이스가 지적한 아프리카계 미국인의 '이중의식double consciousness'에 일찍이 주목한 이 작품은 후배 작가들에게 영감을 주었다. 할렘 르네상스의 전성기에 발표된 넬라 라슨의 『패싱』은 이러한 흑인 영혼의 이중성을 넘어 앞서 살폈듯 현대사회의 계층, 젠더, 성 정체성에 이르

* Darwin T. Turner, "Introduction to the 1975 Edition of Cane", *Cane*, by Jean Toomer(W. W. Norton & Company, New York, 1988) p. 125.

는 좀더 복합적인 문제점들에까지 눈을 돌렸다.

넬라 라슨이 아프리카적인 것을 절대적으로 지지하던 할렘의 주류 문학에서 비껴난 작품을 쓰게 된 데는 자전적인 요소가 크게 작용한 것으로 보인다. 아프리카계 아버지와 백인 이민자인 어머니 사이에서 태어난 그녀는 재혼한 어머니가 이룬 백인 가정에서 피부색으로 인한 소외와 차별을 겪으며 자랐다. 라슨은 어머니와 여동생처럼 백인이 될 수도, 그렇다고 흑인일 수도 없었다. 피스크대학에서 처음 가까이 접하게 된 흑인 문화 역시 그녀를 절망에 빠뜨렸다. 백인 이민자 가정의 일원으로 성장한 그녀에게 블루스나 남부 출신 흑인들의 문화는 낯설기만 했다. 모더니스트적 면모가 뚜렷한 그녀의 글들은 아프리카계 미국인의 토착어나 풍습은 물론 흑인 사이의 연대마저 보여주지 않아 문학적 백인 행세를 한다는 비난에 직면하기도 했다.

물리학 박사인 엘머 아임스와 결혼하고 할렘으로 이사해 뉴욕공공도서관 지부의 사서로 일하며 그녀는 제임스 웰든 존슨, W. E. B 듀보이스, 시인 랭스턴 휴스와 카운티 컬런과 칼 밴 벡턴 등 할렘의 유명 인사들과 교류한다. 이때도 노동자 계급 출신에 혼혈이며 제대로 된 대학 학위가 없던 라슨은 학연과 지연을 강조하는 흑인 중산층으로부터 소외를 경험한다. 그녀의 두 소설 『패싱』과 『퀵샌드』가 비평가들의 긍정적인 평가를 받으며 작가로서 주목받게 되었을 무렵 그녀의 단편 소설 「안식처」가 영국 작가 실라 케이 스미스의 단편 「에이디스 부인」을 표절했다는 지적을 받았다. 혐의는 인정되지 않았으나 표절 논쟁과 이혼의 충격으로 그녀는 할렘을 떠나 은둔하다시피 살았으며 칼 밴 벡턴과 그의 아내 파니아 마리노프를 비롯한 극소수의 지인 외에는 만나지 않았다. 1942년 무렵 전남편인 엘머가 사망하고 위자료를 받지 못하게 되면서 재정적 어려움에 시달리던 그녀는 다시 간호사 일을 시작했다. 그리고 1964년 3월 30일 72세의 나이로 브루클린의 아파트에서 심장마비로 사망할 때까지 거의 잊힌 채 살았다.

아프리카계 미국인 및 여성 문학 연구가 활발해지며 넬라 라슨의 작품은 새로이 조명받게 되었고 그녀의 작가적 위상은 견고해졌으나, 이질적인 세계를 오가며 어느 곳에도 정착하지 못한 작가 자신처럼 모호한 공간에 존재하는 그녀의 작품 역시 오랫동안 제자리를 찾지 못했다. '나에게 아프리카는 무엇인가?'라는 카운티 컬런의 질문도 궁극적인 답에 이르게 하지 못했다. 마치 지워진 역사의 한 장처럼 보이지 않는 어떤 지점에서 그녀도, 그녀의 작품들도 새로운 삶의 기회를 찾아 표류했다. 그 긴 여정의 한 지점에서 그녀의 이 이야기가 놀랍게도 우리에게 깊은 공감을 불러일으키는 이유는 어쩌면 특권과 차별을 초래하는 세상의 수많은 경계 지대에서 피부색을 떠나 모두가 어느 정도는 표류하고 있기 때문인지도 모르겠다. 저마다 붉게 타오르다 사라진 불꽃의 환영을 간직한 채.

박경희

1891년	4월 13일 시카고 남부의 빈민 지역에서 서인도제도의 아프리카계로 추정되는 피터 워커와 덴마크계 백인 이주민인 재단사 마리 한슨 워커의 딸로 태어남. 태어날 때의 이름은 넬리 워커Nellie Walker.
1892년	6월 21일 어머니가 재혼하고 양부인 덴마크계 이민자 피터 라슨 사이에서 동생인 안나 엘리자베스 아카 리지 라슨이 태어남. 가족들과 함께 시카고 서부의 백인 노동자 거주지역으로 이주함.
1895~1898년	어머니와 여동생과 함께 덴마크를 방문함.
1898년	시카고로 돌아와 독일 및 스칸디나비아계 이주민의 자녀들이 대다수인 공립학교에 다님.
1907년	교육을 통해 기회를 마련해주려던 어머니의 바람에 따라, 흑인 학생들을 위해 설립된 내슈빌의 피스크대학에서 수학. 처음으로 흑인 중심의 환경에서 생활함.
1908년	피스크대학에서 퇴학당함. 엄격한 복장 규정을 위반했기 때문으로 추정됨.
1909~1912년	어머니와 보낸 어린 시절을 회상하며 홀로 덴마크로 가서 체류함. 그 기간에 코펜하겐대학에서 청강생으로 지냈다고 알려져 있음.
1914년	뉴욕시 링컨병원 간호학교에 등록함.
1915년	간호사 교육 과정을 마치고 앨라배마주 터스키기 인스티튜트에서 간호사로 근무하며 학생들을 가르침.

1916년 뉴욕으로 돌아와 링컨병원에서 간호사로 이 년간 근무함. 그후 시 보건국에 간호사로 채용됨.

1919년 아프리카계 미국인으로서는 두번째로 물리학 박사 학위를 받은 저명한 학자 엘머 아임스와 결혼함.

1920년 할렘으로 이주함. W. E. B 듀보이스와 오거스터스 그랜빌 딜이 창간한 흑인 어린이를 위한 세계 최초의 월간 잡지 『더 브라우니스 북*The Brownies' Book*』에 기사를 쓰기 시작함.

1921년 뉴욕공공도서관에서 최초로 개최되는 블랙 아메리칸 아티스트의 전시를 돕기 위해 사서 에르네스틴 로즈와 함께 자원봉사자로 활동함. 흑인 최초로 컬럼비아대학에서 운영하는 도서관 학교를 졸업함.

1922년 건강이 나빠져 간호사 일을 그만두고 뉴욕공공도서관 할렘 지부의 사서로 근무함.

1923년 로어이스트사이드의 수어드파크도서관에 배치되었다가 할렘 르네상스 작가들의 활동 거점이 된 135번가 지부로 옮김.

1925년 휴직하고 첫 소설 집필을 시작함.

1926년 제임스 웰든 존슨, 제시 포셋, 조지아 더글러스 존슨, 진 투머 및 랭스턴 휴스 등 할렘 르네상스의 주요 작가들과 교류함. 1월에 『영스 리얼리스틱 스토리스 매거진*Young's Realistic Stories Magazine*』에 첫 단편 「틀린 남자*The Wrong Man*」를 발표함. 월터 화이트와 칼 밴 벡턴이 크노프출판사에 넬라 라슨을 소개함. 글쓰기에 전념하기 위해 사서를 그만둠.

1928년 첫 장편소설 『퀵샌드*Quicksand*』 출간. 여러 면에서 작가를 연상시키는 혼혈 여성 주인공 헬가 크레인을 통해 억눌러온 내면의 삶을 묘사해 긍정적인 평가를 받음.

1929년 단편소설 「블랙 스페이드에 관한 리뷰*Review of Black Spade*」와 두번째 장편소설 『패싱』 출간. 평단의 찬사를 받으며 작가로서 유명세를 누리기 시작함. 흑인 예술가의 작품을 인정하고 지원하기 위한 하몬 재단의 동메달과 명예상금을 받음.

1930년 할렘 르네상스의 주요 인물 중 한 명이자 최고의 소설가로 부상함. 단편소설 「안식처*Sanctuary*」를 발표함. 해당 단편이 영국 작가 실라 케이 스미스의 「에이디스 부인」을 표절했다는 의혹에 휘말리나 실제 혐의가 인정되지 않음. 아프리카계 미국 여성 최초로 구겐하임 펠로우십을 받아 마요르카와 파리에 체류. 세번째 장편소설 집필을 시작하지만 결국 출간하지 못함.

1932년 1월 중순에서 말 사이 뉴욕으로 돌아오지만 대공황의 여파로 흑인문학과 예술에 대한 관심과 활기를 찾아볼 수 없게 됨. 남편의 외도를 알고 할렘을 떠나 은둔함.

1933년 엘머 아임스와 이혼. 〈볼티모어아프로아메리칸〉에 이혼 소식이 대서특필됨.

1936년 지인들과 교류를 끊음. 벡턴 부부와의 교류는 이듬해까지 이어지나, 이후 모든 교우관계를 단절함.

1942년 엘머 아임스가 사망하자 재정적 어려움을 겪게 되어 간호사 일을 다시 시작함. 우울증에 시달리며 글쓰기를 중단함.

1964년 3월 30일 72세의 나이로 브루클린의 아파트에서 심장마비로 사망.

2018년 〈뉴욕 타임스〉에서 라슨을 기리며 뒤늦은 사망 기사를 발표함.

문학동네 세계문학전집 발간에 부쳐

세계문학은 국민문학 혹은 지역문학을 떠나 존재하는 문학이 아니지만 그것들의 총합도 아니다. 세계문학이라는 용어에는 그 나름의 언어와 전통을 갖고 있는 국민문학이나 지역문학의 존재를 인정하면서 그것을 넘어서는 문학의 보편적 질서에 대한 관념이 새겨져 있다. 그 용어를 처음 고안한 19세기 유럽인들은 유럽 문학을 중심으로 그 질서를 구축했지만 풍부한 국민문학의 전통을 가지고 있는 현대의 문학 강국들은 나름의 방식으로 세계문학을 이해하면서 정전(正典)의 목록을 작성하고 또 수정한다.

한국에서도 세계문학 관념은 우리 사회와 문화의 변화 속에서 거듭 수정돼왔다. 어느 시기에는 제국 일본의 교양주의를 반영한 세계문학 관념이, 어느 시기에는 제3세계 민족주의에 동조한 세계문학 관념이 출현했고, 그러한 관념을 실천한 전집물이 출판됐다. 21세기 한국에 새로운 세계문학전집이 필요하다는 것은 명백하다. 우리의 지성과 감성의 기준에 부합하는 세계문학을 다시 구상할 때가 되었다.

문학동네 세계문학전집은 범세계적으로 통용되는 고전에 대한 상식을 존중하면서도 지난 반세기 동안 해외 주요 언어권에서 창작과 연구의 진전에 따라 일어난 정전의 변동을 고려하여 편성되었다. 그래서 불멸의 명작은 물론 동시대 세계의 중요한 정치·문화적 실천에 영감을 준 새로운 작품들을 두루 포함시켰다.

창립 이후 지금까지 한국문학 및 번역문학 출판에서 가장 전문적이고 생산적인 그룹을 대표해온 문학동네가 그간 축적한 문학 출판 경험을 바탕으로 새로운 세계문학전집을 펴낸다. 인류가 무지와 몽매의 어둠 속을 방황하면서도 끝내 길을 잃지 않은 것은 세계문학사의 하늘에 떠 있는 빛나는 별들이 길잡이가 되어주었기 때문이다. 우리가 자부심과 사명감 속에서 그리게 될 이 새로운 별자리가 독자들의 관심과 애정에 힘입어 우리 모두의 뿌듯한 자산이 되기를 소망한다.

문학동네 세계문학전집 편집위원
민은경, 박유하, 변현태, 송병선, 이재룡, 홍길표, 남진우, 황종연

지은이 **넬라 라슨**

1891년 4월 13일 미국 시카고에서 태어났다. 1928년 첫 장편소설 『퀵샌드』를 출간해 평단의 주목을 받았다. 이듬해 두번째 장편소설 『패싱』을 발표해 작가로서 뛰어난 역량을 인정받으며 1930년 흑인 여성 최초로 구겐하임 펠로우십을 수상하고 할렘 르네상스를 대표하는 작가로 자리매김한다. 하지만 이어 발표한 단편소설 「안식처」가 표절 논쟁에 휘말리고 이혼 등 개인적 고초를 겪으며 더이상 작품활동을 하지 않고 문학계에서 물러나 은둔하며 남은 생을 살았다. 1964년 72세의 나이로 세상을 떠났다.

옮긴이 **박경희**

독일 본대학에서 번역학과 동양미술사를 공부하고, 번역가로 일하며 한국문학을 독일어로 번역해 해외에 소개하는 일도 하고 있다. 옮긴 책으로는 헤르타 뮐러의 『숨그네』, 귄터 그라스의 『고양이와 쥐』, 이언 매큐언의 『암스테르담』, 닉 혼비의 『슬램』, 존 더스패서스의 『맨해튼 트랜스퍼』, 루트 암만 외 『내면의 그림』 등이 있다.

세계문학전집 199

패싱

1판 1쇄 2021년 8월 12일
1판 3쇄 2022년 4월 22일

지은이 넬라 라슨 | 옮긴이 박경희
책임편집 김수현 | 편집 김지은 김경은 이현자
디자인 강혜림 최미영 | 저작권 박지영 형소진 이영은 김하림
마케팅 정민호 이숙재 한민아 김혜연 이가을 안남영 김수현 정경주
브랜딩 함유지 함근아 김희숙 정승민
제작 강신은 김동욱 임현식 | 제작처 영신사

펴낸곳 (주)문학동네 | 펴낸이 김소영
출판등록 1993년 10월 22일 제2003-000045호
주소 10881 경기도 파주시 회동길 210
전자우편 editor@munhak.com | 대표전화 031)955-8888 | 팩스 031)955-8855
문의전화 031)955-3578(마케팅), 031)955-2691(편집)
문학동네카페 http://cafe.naver.com/mhdn
문학동네트위터 http://twitter.com/munhakdongne
북클럽문학동네 http://bookclubmunhak.com

ISBN 978-89-546-8165-0 04840
978-89-546-0901-2 (세트)

잘못된 책은 구입하신 서점에서 교환해드립니다.
기타 교환 문의 031) 955-2661, 3580

www.munhak.com

54 다니엘서 E. L. 닥터로 | 정상준 옮김
55 이날을 위한 우산 빌헬름 게나치노 | 박교진 옮김
56 톰 소여의 모험 마크 트웨인 | 강미경 옮김
57 카사노바의 귀향 · 꿈의 노벨레 아르투어 슈니츨러 | 모명숙 옮김
58 바보들을 위한 학교 사샤 소콜로프 | 권정임 옮김
59 어느 어릿광대의 견해 하인리히 뵐 | 신동도 옮김
60 웃는 늑대 쓰시마 유코 | 김훈아 옮김
61 팔코너 존 치버 | 박영원 옮김
62 한눈팔기 나쓰메 소세키 | 조영석 옮김
63, 64 톰 아저씨의 오두막 해리엇 비처 스토 | 이종인 옮김
65 아버지와 아들 이반 투르게네프 | 이항재 옮김
66 베니스의 상인 윌리엄 셰익스피어 | 이경식 옮김
67 해부학자 페데리코 안다아시 | 조구호 옮김
68 긴 이별을 위한 짧은 편지 페터 한트케 | 안장혁 옮김
69 호텔 뒤락 애니타 브루크너 | 김정 옮김
70 잔해 쥘리앵 그린 | 김종우 옮김
71 절망 블라디미르 나보코프 | 최종술 옮김
72 더버빌가의 테스 토머스 하디 | 유명숙 옮김
73 감상소설 미하일 조셴코 | 백용식 옮김
74 빙하와 어둠의 공포 크리스토프 란스마이어 | 진일상 옮김
75 쓰가루 · 석별 · 옛날이야기 다자이 오사무 | 서재곤 옮김
76 이인 알베르 카뮈 | 이기언 옮김
77 달려라, 토끼 존 업다이크 | 정영목 옮김
78 몰락하는 자 토마스 베른하르트 | 박인원 옮김
79, 80 한밤의 아이들 살만 루슈디 | 김진준 옮김
81 죽은 군대의 장군 이스마일 카다레 | 이창실 옮김
82 페레이라가 주장하다 안토니오 타부키 | 이승수 옮김
83, 84 목로주점 에밀 졸라 | 박명숙 옮김
85 아베 일족 모리 오가이 | 권태민 옮김
86 폭풍의 언덕 에밀리 브론테 | 김정아 옮김
87, 88 늦여름 아달베르트 슈티프터 | 박종대 옮김
89 클레브 공작부인 라파예트 부인 | 류재화 옮김
90 P세대 빅토르 펠레빈 | 박혜경 옮김
91 노인과 바다 어니스트 헤밍웨이 | 이인규 옮김
92 물방울 메도루마 슌 | 유은경 옮김
93 도깨비불 피에르 드리외라로셸 | 이재룡 옮김
94 프랑켄슈타인 메리 셸리 | 김선형 옮김
95 래그타임 E. L. 닥터로 | 최용준 옮김
96 캔터빌의 유령 오스카 와일드 | 김미나 옮김
97 만(卍) · 시게모토 소장의 어머니 다니자키 준이치로 | 김춘미, 이호철 옮김
98 맨해튼 트랜스퍼 존 더스패서스 | 박경희 옮김
99 단순한 열정 아니 에르노 | 최정수 옮김
100 열세 걸음 모옌 | 임홍빈 옮김
101 데미안 헤르만 헤세 | 안인희 옮김
102 수레바퀴 아래서 헤르만 헤세 | 한미희 옮김
103 소리와 분노 윌리엄 포크너 | 공진호 옮김

104 곰 윌리엄 포크너 | 민은영 옮김
105 롤리타 블라디미르 나보코프 | 김진준 옮김
106, 107 부활 레프 톨스토이 | 백승무 옮김
108, 109 모래그릇 마쓰모토 세이초 | 이병진 옮김
110 은둔자 막심 고리키 | 이강은 옮김
111 불타버린 지도 아베 고보 | 이영미 옮김
112 말라볼리아가의 사람들 조반니 베르가 | 김운찬 옮김
113 디어 라이프 앨리스 먼로 | 정연희 옮김
114 돈 카를로스 프리드리히 실러 | 안인희 옮김
115 인간 짐승 에밀 졸라 | 이철의 옮김
116 빌러비드 토니 모리슨 | 최인자 옮김
117, 118 미국의 목가 필립 로스 | 정영목 옮김
119 대성당 레이먼드 카버 | 김연수 옮김
120 나나 에밀 졸라 | 김치수 옮김
121, 122 제르미날 에밀 졸라 | 박명숙 옮김
123 현기증. 감정들 W. G. 제발트 | 배수아 옮김
124 강 동쪽의 기담 나가이 가후 | 정병호 옮김
125 붉은 밤의 도시들 윌리엄 버로스 | 박인찬 옮김
126 수고양이 무어의 인생관 E. T. A. 호프만 | 박은경 옮김
127 맘브루 R. H. 모레노 두란 | 송병선 옮김
128 익사 오에 겐자부로 | 박유하 옮김
129 땅의 혜택 크누트 함순 | 안미란 옮김
130 불안의 책 페르난두 페소아 | 오진영 옮김
131, 132 사랑과 어둠의 이야기 아모스 오즈 | 최창모 옮김
133 페스트 알베르 카뮈 | 유호식 옮김
134 다마세누 몬테이루의 잃어버린 머리 안토니오 타부키 | 이현경 옮김
135 작은 것들의 신 아룬다티 로이 | 박찬원 옮김
136 시스터 캐리 시어도어 드라이저 | 송은주 옮김
137 고독한 산책자의 몽상 장자크 루소 | 문경자 옮김
138 용의자의 야간열차 다와다 요코 | 이영미 옮김
139 세기아의 고백 알프레드 드 뮈세 | 김미성 옮김
140 햄릿 윌리엄 셰익스피어 | 이경식 옮김
141 카산드라 크리스타 볼프 | 한미희 옮김
142 이 글을 읽는 사람에게 영원한 저주를 마누엘 푸익 | 송병선 옮김
143 마음 나쓰메 소세키 | 유은경 옮김
144 바다 존 밴빌 | 정영목 옮김
145, 146, 147, 148 전쟁과 평화 레프 톨스토이 | 박형규 옮김
149 세 가지 이야기 귀스타브 플로베르 | 고봉만 옮김
150 제5도살장 커트 보니것 | 정영목 옮김
151 알렉시 · 은총의 일격 마르그리트 유르스나르 | 윤진 옮김
152 말라 온다 알베르토 푸겟 | 엄지영 옮김
153 아르세니예프의 인생 이반 부닌 | 이항재 옮김
154 오만과 편견 제인 오스틴 | 류경희 옮김
155 돈 에밀 졸라 | 유기환 옮김
156 젊은 예술가의 초상 제임스 조이스 | 진선주 옮김
157, 158, 159 카라마조프가의 형제들 표도르 도스토옙스키 | 김희숙 옮김

160 진 브로디 선생의 전성기 뮤리얼 스파크 | 서정은 옮김
161 13인당 이야기 오노레 드 발자크 | 송기정 옮김
162 하지 무라트 레프 톨스토이 | 박형규 옮김
163 희망 앙드레 말로 | 김웅권 옮김
164 임멘 호수 · 백마의 기사 · 프시케 테오도어 슈토름 | 배정희 옮김
165 밤은 부드러워라 F. 스콧 피츠제럴드 | 정영목 옮김
166 야간비행 앙투안 드 생텍쥐페리 | 용경식 옮김
167 나이트우드 주나 반스 | 이예원 옮김
168 소년들 앙리 드 몽테를랑 | 유정애 옮김
169, 170 독립기념일 리처드 포드 | 박영원 옮김
171, 172 닥터 지바고 보리스 파스테르나크 | 박형규 옮김
173 싯다르타 헤르만 헤세 | 권혁준 옮김
174 야만인을 기다리며 J. M. 쿳시 | 왕은철 옮김
175 철학편지 볼테르 | 이봉지 옮김
176 거지 소녀 앨리스 먼로 | 민은영 옮김
177 창백한 불꽃 블라디미르 나보코프 | 김윤하 옮김
178 슈틸러 막스 프리슈 | 김인순 옮김
179 시핑 뉴스 애니 프루 | 민승남 옮김
180 이 세상의 왕국 알레호 카르펜티에르 | 조구호 옮김
181 철의 시대 J. M. 쿳시 | 왕은철 옮김
182 카시지 조이스 캐럴 오츠 | 공경희 옮김
183, 184 모비 딕 허먼 멜빌 | 황유원 옮김
185 솔로몬의 노래 토니 모리슨 | 김선형 옮김
186 무기여 잘 있거라 어니스트 헤밍웨이 | 권진아 옮김
187 컬러 퍼플 앨리스 워커 | 고정아 옮김
188, 189 죄와 벌 표도르 도스토옙스키 | 이문영 옮김
190 사랑 광기 그리고 죽음의 이야기 오라시오 키로가 | 엄지영 옮김
191 빅 슬립 레이먼드 챈들러 | 김진준 옮김
192 시간은 밤 류드밀라 페트루솁스카야 | 김혜란 옮김
193 타타르인의 사막 디노 부차티 | 한리나 옮김
194 고양이와 쥐 귄터 그라스 | 박경희 옮김
195 펠리시아의 여정 윌리엄 트레버 | 박찬원 옮김
196 마이클 K의 삶과 시대 J. M. 쿳시 | 왕은철 옮김
197, 198 오스카와 루신다 피터 케리 | 김시현 옮김
199 패싱 넬라 라슨 | 박경희 옮김
200 마담 보바리 귀스타브 플로베르 | 김남주 옮김
201 패주 에밀 졸라 | 유기환 옮김
202 도시와 개들 마리오 바르가스 요사 | 송병선 옮김
203 루시 저메이카 킨케이드 | 정소영 옮김
204 대지 에밀 졸라 | 조성애 옮김
205, 206 백치 표도르 도스토옙스키 | 김희숙 옮김
207 백야 표도르 도스토옙스키 | 박은정 옮김
208 순수의 시대 이디스 워턴 | 손영미 옮김
209 단순한 이야기 엘리자베스 인치볼드 | 이혜수 옮김

● 문학동네 세계문학전집은 계속 출간됩니다